KB064389

미경이의 특별시

미경이의
특별시

2014년 2월 21일 초판 1쇄 발행

지은이 김미경
펴낸이 홍석근
편집 김동관 김슬지 이승희
디자인 최진규
표지 일러스트 박옥기
인쇄 민우P&B

펴낸곳 도서출판 평사리 Common Life Books
출판신고 제313-2004-172 (2004년 7월 1일)
주소 서울시 마포구 월드컵로 74(서교동, 원천빌딩) 6층
전화 02-706-1970
팩스 02-706-1971
전자우편 commonlifebooks@gmail.com

©김미경, 2014

ISBN 978-89-92241-52-6 (03810)

잘못된 책은 바꾸어 드립니다.
책값은 뒤표지에 있습니다.

미경이의
특별시

김미경 지음

평사리
Common Life Books

차례

프롤로그   006

Chapter 1.   시민이 만드는 문화 이야기
             〈변호인〉과 시네마테크   010
             서울시 문화 정책을 말하다   020
             사람을 먼저 생각하는 은평의 문화   028
             시민 문화를 꽃피우는 축제 특별시!   037

Chapter 2.   한 아이를 키우려면 온 마을이 필요하다
             아이들에게 필요한 사람, 그리고 공간들   046
             두 도서관과 신나는 애프터 센터   060
             '은평 마을 교육 특별시'라는 꿈   067

Chapter 3.   복지로 만드는 새로운 세상
             어렵지만 가야 할 길, 생산적 복지   076
             따뜻한 사람들   083
             마을 지향 복지생태계   092

Chapter 4.　함께 사는 길, 골목 경제와 착한 개발

전통시장과 SSM　102

'사회적 경제'가 대안이다　110

은평, 혁신의 중심　118

'착한 개발'이 필요합니다　122

Chapter 5.　두 얼굴을 가진 교통

좁고 가파른 지형을 극복하기 위한 노력　136

'지킬 박사와 하이드' 같은 도로와 철도　144

개발과 복지를 함께 고려해야 하는 교통 문제　149

Chapter 6.　선택이 아닌 필수, 마을 공동체

세 마을 이야기　162

마을에 필요한 것이 무엇일까요?　171

마을 공동체, 멀지만 가야 할 길　179

에필로그　181

프롤로그

"빙산의 일각"이라는 말이 있습니다. 드러난 부분보다 드러나지 않은 부분이 훨씬 더 클 때 흔히 쓰는 말입니다. 빙산이 떠 있기 위해서는 눈에 보이는 부분의 몇 십, 몇 백 배가 물 아래에 잠겨 있어야 합니다. 사람들은 보통 눈에 보이는 화려함만을 쫓습니다. 그 아래에 보이지 않는 부분은 모르거나 알면서도 외면하는 경우가 많습니다.

10년 전 정치인이 되고자 마음을 먹었을 때, 전 눈에 보이는 화려함 뒤에 숨겨진 더 많은 그늘진 면을 보겠다고 마음먹었습니다.

천 만 관객 시대라는 한국 영화의 화려한 역사를 지켜온 필름보관소 시네마테크의 초라한 모습 속에서, 산업 역군으로 젊은 시절을 보내며 허리가 굽은 한 어르신의 쭈글쭈글한 손을 보며, 운동장에서 즐겁게 공을 차며 뛰어노는 아이들이 짊어져야 할 공부의 무게를 생각하며 몇 번이고 처음에 했던 다짐들을 떠올려 보았습니다.

언젠가부터 제가 봐 왔던 많은 것들을 더 많은 사람들과 함께 나누고 싶다는 생각을 해 왔습니다. 그러다 용기를 내어 책의 형태를 빌리기로 마음을 먹었습니다. 아직도 제가 미처 보지 못하고 지나쳐 온 많은 것들을 생각해 봅니다.

　이 책을 통해 저와 생각을 나눈 더 많은 사람들이 빙산의 잠긴 부분을 함께 볼 수 있기를 희망해 봅니다. 빙산의 일각도 빙산의 잠긴 부분도 모두 빙산이듯이, 역사의 한 페이지를 장식한 인물도 그 역사의 흐름 속에 함께 했던 평범한 사람들도 모두 동시대를 이루고 있는 소중한 존재들이기 때문입니다.

2014년 2월 김미경

Chapter 1

시민이 만드는
문화 이야기

〈변호인〉과 시네마테크^{Cinémathèque}

송강호를 제외하면 대스타들이 나온 것도 아니고 화려한 볼거리가 있는 영화도 아닌데, 천 만 명이 넘는 관객이 들었다면 사회적으로 무언가 울림이 있었기 때문일 것입니다. 정통 사극 〈정도전〉이 높은 시청률을 보이고 있는 것도 아마 비슷한 감정 때문일 겁니다. 이는 30년 전이나 마찬가지로 큰 차이가 없는 현실에 대한 답답함과 인물에 대한 그리움이 복합적으로 나타난 결과라고 보아야겠지요.

짧았던 '봉하의 봄' 때 내려가 인사드린 적이 있는데, 너무 편안하고 즐겁게 지내시던 기억이 떠올라 더 가슴이 아팠습니다. 시청 앞 광장에서 열린 노제 때 만장을 들었던 일, 서울시의원 당선 직후 봉하 마을에 내려갔던 일, 재작년 5월 20일 노무현 대통령 서거 3주기 때 불광천 수변무대에서 은평 시민들이 모여 연 추모행사 '노무현이 꿈꾼 세상'에 참석했던 기억도 자연스럽게 떠올랐습니다. 영원한 국민들의 '변호인' 노무현 대통령님! 편안히 쉬셔야 하는데 아직도 그냥 놔두지 않는 사람들이 있으니 안타까울 뿐입니다.

그분에 대한 감정과는 별개로 영화 자체의 높은 완성도와 탄탄한 시나리오가 천 만 관객을 영화관으로 이끌었다는 점에는 모두 공감하실 것입니다.

정치에 입문하기 전 저의 직업은 디자이너였습니다. 그 때문인지 문화예술 방면에 관심이 많아서 서울시의원에 당선되고 첫 2년 동안 활동할 상임위로 문화체육관광위원회를 선택했습니다. 원래 영화를 좋아하긴 했지만 영화산업에 대해 관심을 가지게 된 계기는 3년 전에 일어난 비극 때문이었지요.

2011년 1월 29일, 단편영화 '격정소나타'의 감독이자 시나리오 작가인 30대 초반의 최고은 씨가 생활고로 요절한 비극을 기억하시는 분이 계실 겁니다. 갑상선 기능 항진증과 췌장염을 앓던 최고은 씨가 치료도 제대로 못 받고 며칠 동안 굶주리다가 끝내 숨지고 만 것입니다. 그녀를 처음 발견한 이웃 주민은 최 씨 집 현관에 '며칠째 아무것도 못 먹었다. 남는 밥이랑 김치가 있으면 문을 두들겨 달라'는 내용의 쪽지가 붙어 있는 걸 보고 서둘러 음식을 챙겨 방문했더니 그때는 이미 최 씨가 숨져 있었다고 합니다.

최고은 씨의 비극 두 달 전에도 안타까운 사건이 있었습니다. '달빛요정역전만루홈런'으로 알려진 인디뮤지션 이진원 씨가 뇌출혈로 쓰러진 후 제대로 치료도 받지 못한 채 37세의 나이로 생을 마쳤습니다. 저는 이런 안타까운 뉴스를 접하면서 사각지대에 놓여 있는 문화예술인들에게 많은 관심을 쏟게 되었습니다.

겉으로 보이는 화려함과는 달리 영화 스태프의 현실은 아주 열악합니다. 2013년 영화산업협력위원회가 발표한 '2012년 영화 스태프 근로환경 실태조

영화 〈변호인〉촬영에 도움 주신 모든 분들께 진심으로 감사드립니다 영화 〈변호인〉을 봤습니다.
영화가 끝나기 무섭게 자리를 뜨던 관객들이 무겁게 자리를 지키고 있습니다.
여기저기서 작게 훌쩍이는 소리도 들립니다.
엔딩 크레딧의 마지막 한 줄,
"영화 〈변호인〉 촬영에 도움 주신 모든 분들께 진심으로 감사드립니다"라는
자막마저 사라지자 아쉬운 듯 그제야 일어서는 사람들이 하나 둘 보입니다.
침묵 속에 극장을 나서는 그들은 함께 영화를 보았던
많은 사람들과 입이 아닌 눈으로 이야기를 나누고 있었습니다.

낙원상가에 있는 시네마테크 필름 보관소의 모습입니다.
한국 영화의 밑거름이 되었던 수많은 경험과 기억들을
우리는 이렇게 방치하고 있었습니다.
곰팡내 나는 필름을 보며 故 최고은 작가가 떠올랐습니다.
그녀도 영화산업의 화려함 뒤에서 이런 취급을 받았겠구나.
천 만 관객 시대라는 한국 영화의 이면을 보는 것 같아 마음이 아팠습니다.

〈서울시의 시네마테크 지원을 위한 정책포럼〉을 주최하여
한국 영화가 문화산업으로 성장하기 위해서는
제대로 된 인프라의 구축이 절실하다고 역설했습니다.
시네마테크가 그 작은 주춧돌이 되리라 확신합니다.

사'에 의하면 팀장급 이하의 영화 스태프 연 평균소득이 916만 원인 것으로 파악되었습니다. 한국 영화 관객이 연간 1억 명을 넘어선 현실을 감안하면 영화산업의 시스템이 얼마나 낙후되어 있는지를 적나라하게 보여 주는 지표입니다.

저는 서울시의회 문화체육관광위원회에서 활동하면서 서울시에서 '디렉터스 존', '프로듀서 존'이라는 명칭으로 영화 제작과 상영을 위해 저렴하게 사무실을 임대해 주는 사업에 독립영화 제작자들에게도 일정한 몫이 배정되도록 하였고, '시나리오 존'을 신설하여 시나리오 작가들에게도 공간이 돌아가도록 만들었습니다. 이 책을 빌려서 다시 한 번 최고은 작가의 명복을 빕니다.

이렇게 한국 영화 산업의 열악한 시스템을 접하다 보니 영화를 수집·보관하며 시민들에게 저렴하게 상영하는 서울시의 시네마테크(Cinémathèque) 건립 추진에 관심을 가지게 되었습니다.

시네마테크란 영화 보관소를 뜻하는 프랑스어입니다. 미국에서는 영화 클럽이나 연구소 등이 운영하는 극장, 영국에서는 소규모 예술 극장을 뜻하는 말로도 쓰입니다. 보통 영화 박물관이라고 얘기하며, 전 세계 여러 나라의 대도시들은 몇 곳씩이나 보유하고 있는 시설이지만 서울에는 딱 한 군데, 낙원상가에 있는 옛 헐리우드 극장에 있을 뿐입니다.

이곳에서는 많은 고전 영화들을 보관하며 상영도 하고 있지만, 건물 자체가 낡았을 뿐 아니라 임대한 시설이라 환경 자체가 아주 열악합니다. 저는 이 문제에 관심을 기울여 2011년 4월 26일, 서울시의회에서 〈서울시의 시네마테크 지원을 위한 정책포럼〉을 열어 서울시의 새로운 시네마테크 건립과 운영에 대한 논의를 본격화했습니다. 이때 많은 영화 관계자들과 관심 있는 시민들이 몰리는 바람에 토론회장이 가득 메워져 저도 깜짝 놀랍습니다. 이준익 감독님은 "세상과 소통하는 영화를 지속적으로 상영하는 시네마테크는 반드시 필요하다"는 모두 발언을 해 주셨습니다.

작년 9월에는 박원순 서울시장, 배우 안성기, 이명세 감독, 이준익 감독 등 영화인들과 함께 '시네마테크 건립에 관한 영화인과의 오찬 간담회'를 가졌습니다. 이러한 노력으로 마침내 시네마테크 건립이 확정되었습니다. 언젠가는 그곳에서 〈변호인〉도 고전 영화로 상영될 날이 오겠지요.

시네마테크 건립을 위한 영화인과의 오찬 간담회 후 서울시장실에서
국민배우 안성기 님,
평소 좋아했던 〈인정사정 볼 것 없다〉의 이명세 감독님과
함께 사진을 찍었습니다.
제 왼쪽은 순천향대 변재란 교수님이시고
맨 왼쪽 분은 이춘연 영화인협회 이사장님이십니다.

서울시 문화 정책을 말하다

영화 박물관인 시네마테크에 관심을 가지면서 경희궁 옆에 위치한 서울역사박물관 또한 관심을 가지는 공간이 되었습니다. 이 박물관은 600년 서울의 역사와 문화를 잘 정리해 전시하는 공간입니다. 자원봉사자와 시민들이 기증한 전시물을 기본으로 운영되는 살아 있는 박물관이기에 더 애착이 가게 되더군요. 높은 수준의 공연을 무료로 즐길 수도 있고, 저녁 9시까지 운영을 해서 직장인들이 퇴근 후에도 관람할 수 있도록 배려한 '착한' 박물관이기도 합니다.

박물관 내부에는 1,500대 1로 축소한 서울시 모형이 있어서 서울 전체를 한눈에 내려다볼 수도 있습니다. 다만 붕 떠 있는 유리 바닥 위를 걸어야 하기에 좀 무서워하시는 분들도 계시더군요. 정문 앞 광장 마당에는 1968년까지 서울 시민의 발이었던 전차도 놓여 있답니다.

하지만 오세훈 전 서울시장은 이렇게 사랑스러운 곳을 서울 광장이나 청계 광장처럼 자신의 치적 사업을 과시하는 공간으로 이용하였습니다. 그러면서 서울의 개발 역사만을 강조하며 황당하게도 포크레인 삽까지 가져다 놓았지요. 도저히 참을 수가 없어서 시정을 요구하였고, 지금은 박물관으로

오세훈 전 시장 시절
서울역사박물관에 '자랑스럽게' 전시되어 있었던 포크레인 삽.
포크레인 삽으로 상징되는 개발의 역사 또한 우리 역사의 일부분임은 분명하지만,
이 포크레인 삽 아래 수많은 역사의 흔적이 지워졌습니다. 자랑스러운 역사건
부끄러운 역사건 우리는 그 흔적을 후손들에게 남겨야 할 책임이 있습니다. 독일이
그들의 치부인 강제 수용소를 보존하는 이유도 바로 그런 역사인식에 근거합니다.
포크레인은 역사의 흔적을 지우려고 했던 부끄러운 개발의 상징이 아닐까요?

◀ 서울시 청사

◀ 세빛둥둥섬

◀ 동대문 디자인 플라자

광화문 광장 ▶

2013년 건축 전문 잡지 〈SPACE〉가 건축 전문가들을 대상으로
광복 이후 지어진 현대건축물 중 최고와 최악을 뽑는 조사에서
'최악의 건축' 1위로 서울시 청사가 뽑혔습니다.
뿐만 아니라 오 전 시장이 주도한 세빛등등섬이 4위,
동대문 디자인 플라자가 5위, 광화문 광장이 14위에 뽑혔습니다.
최악의 건축물 선정 기준은 주변 건축과 환경의 조화를 생각 안 하고
독불장군처럼 서 있거나 돈만 많이 들이고 실용성은 떨어지는 건축 행태였습니다.

서의 제 역할을 하고 있기에 기분 좋게 지역의 주민들과 함께 단체 관람을 즐기곤 합니다.

시의원에 당선된 직후 프레스 센터에서 '디자인 서울'에 대한 토론회가 열려 저도 참석했는데, 때마침 폭우가 쏟아져 광화문 광장이 침수되고 가로수가 넘어졌습니다. 디자인으로 서울을 아름답게 만드는 것도 좋지만 시민의 안전이 최우선인데 이런 식으로 도시 관리를 하면 되겠느냐는 의문이 들었습니다. 그래서인지 2011년은 오세훈 전 서울시장과 가장 심하게 대립했던 한 해가 되고 말았습니다. 더구나 서울시의회 민주당 대변인까지 맡게 되어 서울시에서 과다하게 사용한 홍보비를 폭로하였고, 세빛둥둥섬과 동대문 디자인 플라자(DDP), 광화문 광장 등의 사업에 대해서도 많은 문제점을 지적하였습니다.

2013년 건축 전문 잡지 〈SPACE〉가 건축 전문가들을 대상으로 조사해서 발표한 '최악의 건축'에 서울시 청사가 1위, 세빛둥둥섬이 4위, 동대문 디자인 플라자가 5위, 광화문 광장이 14위에 뽑혔습니다. 당시 오세훈 전 시장을 그렇게 비판한 저조차도 놀라지 않을 수 없었습니다. 그의 핵심 정책이었던 '한강 르네상스'와 '디자인 서울'이 얼마나 엉망이었는지를 전문가들이 냉정하게 평가한 것이지요. 사실 광화문 광장 바로 옆에 있는 세종문화회관도 문제가 많습니다. 오 전 시장이 지하공간을 식당 등 상업공간으로 변경하는 바

서울시 문화정책 토론회
『새로운 서울시 문화정책을 말한다』

■주최 : 서울특별시의회
■주관 : 서울특별시의원 김미경·문화연대
■일시 : 2011년 10월 10일 (월) 오후 2시
■장소 : 서울특별시의회 의원회관 2층 대회의실

이 토론회에는 서울시 문화 정책 담당자, 문화 관련 시민단체, 디자인 평론가, 세종문화회관 공공노조 위원장 등 여러 분야의 전문가들이 참가하셨습니다. 도시 디자인, 창작 공간 지원, 예술단체 운영, 문화 예술 분야 일자리 창출과 교육, 생활 문화 정책 등 다양한 주제로 치열한 토론을 벌였습니다.

좋은 의견이 많이 나왔지만 그중에서도 "제주도 사투리와 생활상을 잘 아는 이가 제안한 '제주 올레'가 한라산 케이블카 설치보다 훨씬 큰 관광 수요를 창출했다. 천년 고도 서울의 역사와 문화의 숨결을 느낄 수 있는 이야기를 만들고 자발적 문화 관광 해설사를 양성"하자는 의견이 기억에 남습니다.

언제 받아도 기분 좋은 게 바로 상이겠지요.
2010년 매니페스토 약속대상 '최우수상'과
2012년 서울시의회 '의정대상'을,
그리고 서울시 홍보물 수준 향상과
시민 소통 행정에 크게 기여했다고
박원순 서울시장님으로부터 감사패를 받았습니다.

람에 공연장까지 음식 냄새나 맥주 냄새가 묻어나고 연습할 공간이 부족한 공연팀들은 발만 동동 굴렀지요.

세종문화회관 주변에 음식점이며 카페들이 널려 있는데 왜 그렇게 했는지 지금도 이해가 되지 않습니다.

2011년 10월 문화연대와 함께 개최한 〈새로운 서울시 문화정책을 말한다〉라는 토론회에서도 오 전 시장의 문화 정책에 대한 비판이 수없이 쏟아졌습니다.

저는 서울시의 문화정책 개선 및 친환경 무상급식 등 복지 정책에 관한 공약 의지와 이행의 결과로 2010년 매니페스토 약속대상 '최우수상', 그리고 전국의 지방의원을 대상으로 한 2012년 서울시의회 '의정대상'을 받았습니다. 잘못된 사업으로 낭비될 뻔한 혈세를 시민 복지에 쓰일 수 있게 기여한 점으로 수상했다고 생각하니 앞으로의 의정활동에 더욱 더 어깨가 무거워짐을 느낍니다.

사람을 먼저 생각하는 은평의 문화

서울시의회 문화체육관광위원회에서 활동하며 독립 영화와 시네마테크 관련 문제를 접하다 보니 자연스럽게 인디 음악에 대해서도 관심을 가지게 되었습니다. 대중음악가로 성공한 윤도현, 이은미, 김종서뿐 아니라 크라잉넛, 자우림, 장기하와 얼굴들 등 실력파 가수들 상당수가 인디 출신입니다. 그래서 서울시와 서울문화재단에서 진행하는 음악 공연 사업과 각종 축제나 행사에 인디 음악을 포함한 대중음악 분야의 비중을 높이도록 노력했습니다. 이런 노력 덕분인지 올해 5월에 수색역 광장에 인디 뮤지션들을 위한 '은평 음악창작지원센터'가 세워집니다. 박원순 시장 취임 이후, 은평구에 들어서는 문화시설은 규모를 떠나 음악창작지원센터와 같이 창조적인 콘텐츠와 스토리를 가졌기에 더 자랑스럽습니다.

지금도 수색역 광장에서 청소년 동아리들의 공연이 열리곤 하지만, 이 센터의 건립은 지역사회와 청소년들에게 더 수준 높은 문화를 제공할 수 있는 좋은 기회가 되겠지요. 물빛 마을 수색에 새로운 색을 입힐 은평 음악창작지원센터의 개관을 손꼽아 기다리고 있습니다.

사실 방송국들이 들어오면서 상암동이 눈부시게 발전하자, 빛이 강하면 그림자가 강한 것처럼 수색은 그늘지게 되었습니다. 하지만 인근에 이런 시설이 들어온다는 것은 좋은 기회가 아닐 수 없지요. 한류 드라마가 중국에서 유행하면서 많은 중국 관광객들이 상암동을 방문하고 있습니다. 저는 오전에 상암동을 방문한 관광객들이 오후를 은평에서 보낼 수 있는 콘텐츠들을 궁리해 보았습니다. 상암동에는 야외공연장이 없으니 수색역 광장을 야외공연장으로 활용하고, 상암과 수색을 연결하는 을씨년스러운 '토끼굴'에 벽화를 그리는 등 문화적인 공간을 만들고자 공청회를 열었습니다. 그리하여 수색역세권 개발이 가시화되면 수색변전소 재개발에 포함될 다문화 박물관과 중국 관광객을 연결해 은평의 관광자원으로 만들 계획입니다.

관광객들을 유치할 수 있는 좋은 콘텐츠 중 하나가 북한산 자락에 들어서고 있는 '은평 한옥마을'입니다. 은평 한옥마을은 진관동 은평 뉴타운에 있는 1만 평이 조금 넘는 단독주택 부지 내에 조성됩니다. 시범적으로 작년 8월에 2층짜리 한옥체험관인 '화경당'이 완성되었습니다. 화경당은 60평 규모의 'ㄱ'자형 한옥으로서 온돌, 사랑방, 마당, 장독대, 텃밭 등 전통 한옥의 특징을 그대로 살렸지만 현대 생활의 편리함도 담겨 있습니다.

개인적으로 궁궐 외에 2층 한옥은 처음이기에 그 자체가 참 신기했습니다. 도심지에 지어지는 만큼 대지가 협소해 이를 합리적으로 활용하기 위하여 2층 구조를 택했다고 합니다. 앞으로 지을 한옥에는 지하공간도 있다고 하네

인디 음악은 자본으로부터의 독립(indepentent)을 선언한 음악입니다.
탐욕스러운 자본은 자연스러운 문화의 흐름에까지 개입해
문화의 독점과 결핍을 낳았습니다.
자본으로부터 자유로운 문화는 다양한 색깔을 가질 수 있습니다.
한국 인디 음악의 생산 기지 은평 음악창작지원센터가
곧 수색역 광장에 들어섭니다.

요. 평당 1,000만 원을 훌쩍 넘기던 한옥 건축비가 700만 원대로 낮아졌다고 하니 관계자들의 노고가 느껴졌습니다.

올해 4월이면 한옥마을 인근 부지에 '은평역사한옥박물관'이 완공됩니다. 그동안 서울시의회에서 은평의 한옥마을 유치를 위해 심혈을 기울였던 보람이 느껴집니다. 좋은 모범사례라 할 수 있는 전주 한옥마을은 직접적인 경제효과만 연간 400억 원이 넘는다고 합니다. 웬만한 중소기업 수십 개 유치와 맞먹는다는 이야기지요. 은평 한옥마을은 상암동을 방문하는 관광객들이 자연스럽게 들르는 명소가 되리라 확신합니다.

이처럼 은평구는 한옥을 비롯하여 한글, 한식, 한지, 한복 등 5개의 한(韓)을 브랜드화하고 있는데, 그 선두에는 천년 고찰 진관사가 있습니다. 진관사는 한글 창제 때 집현전 학사들이 비밀리에 모였던 장소이기도 합니다. 진관사 앞 돌다리인 세심교를 건너면 울창한 소나무 숲과 함께 왼편으로 단아한 한옥이 보입니다. 서울시 건축상 최우수상에 빛나는 '진관사 템플스테이 역사관'입니다.

진관사 템플스테이는 늘 참가자들로 북적입니다. 정신은 힐링을 하고 육신은 몸에 좋은 절밥을 즐길 수 있으므로 더욱 사랑받고 있습니다. 건강을 최대 가치로 여기는 한식은 절밥에서 제대로 나타납니다. 비구니 스님들이 정성스레 준비하는 진관사 요리엔 '오신채(五辛菜: 매운 맛을 내는 파, 달래, 마늘, 부추, 무릇)'가 들어가지 않아 깔끔함과 담백함 그 자체입니다. 주한 외국대사들과

한옥의 지붕은 산의 모양을 닮아 있습니다.
자연을 단지 이용하거나 파괴하기보다는
자연과 벗이 되기를 바랐던 선조들의 지혜를
우리는 한옥에서 찾아볼 수 있습니다.
북한산자락 밑에도 곧 한옥마을이 생깁니다.
은평 한옥마을은 북한산의 좋은 벗이 되어 줄 것입니다.

템플스테이 역사관을 모형으로 처음 접했을 때 사뭇 기대가 컸습니다.
아니나 다를까 함월당, 공덕원, 효림원이 산의 깊이와 어우러진 템플스테이 역사관은
서울시 건축상 최우수상을 수상하였습니다.

슈퍼스타 '리처드 기어'도 먹고 감탄했을 정도이지요.

늘 좋은 공기 마시고 좋은 음식 드시고 좋은 사람들을 만나시는 계호 주지 스님과 총무를 맡고 계신 법해 스님, 부럽습니다!!!

은평구민은 정신 수양뿐 아니라 육체의 단련에도 열심입니다. 많은 스포츠 중 전 세계적으로 가장 널리 퍼진 종목은 뭐니 뭐니 해도 축구겠지요. 은평구 축구연합회는 1979년에 창설되었으니 35년이 넘는 역사를 가지고 있습니다. 연합회 산하에는 30대부터 70대 원로축구단까지 무려 1,500여 명의 회원들이 가입되어 있습니다. 규모 뿐 아니라 실력도 출중해서 2012년에는 50대 상비단이 서울시 연합회장기 대회에 나가 우승을 차지했고, 작년 9월에는 전국 축구대회에 서울시 대표로 출전하여 역시 우승을 차지해 은평구의 이름을 빛냈답니다. 더구나 일본 가고시마 축구회와 자매결연을 맺어서 2년마다 양국을 왕래하며 시합을 하는 등 민간외교관 역할까지 수행하고 있으니 정말 대단한 축구단이 아닐 수 없습니다.

이런 성적에 보답하기 위해 구에서는 구립 운동장의 낡은 인조 잔디를 갈아엎고 친환경 소재의 새 인조 잔디로 교체했습니다. 당연히 실력도 더 좋아지겠지요? 10년 전 구의원에 당선되면서 축구연합회 회원 분들을 만나게 되었는데, 나이가 드셔도 여전히 축구를 즐기십니다. 그래서인지 여전히 건강한 모습을 보면 반갑고 기쁘기만 합니다. 더구나 그분들이 열광하는 월드컵

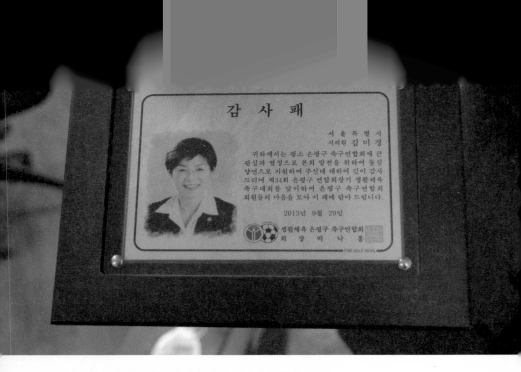

감사패

서 울 특 별 시
시의원 김 미 경

귀하께서는 평소 은평구 축구연합회에 큰
관심과 열정으로 본회 발전을 위하여 물심
양면으로 지원하여 주신데 대하여 깊이 감사
드리며 제34회 은평구 연합회장기 생활체육
축구대회를 맞이하여 은평구 축구연합회
회원들의 마음을 모아 이 패에 담아 드립니다.

2013년 9월 29일

생활체육 은평구 축구연합회
회 장 박 낙 흥

FINE GOLD 99.9%

'생활체육 은평구 축구연합회'에서 생활체육에 대한
저의 작은 관심과 노력을 어여삐 여겨 큰 선물을 주셨습니다.
은평구민이 직접 만들어 주신 감사패이기에 다른 어떤 상보다 의미가 깊었습니다.

은 지방선거와 같은 해, 비슷한 계절에 치러져 또 다른 기분을 느낍니다. 언
젠가 축구연합회 일을 도와드렸고, 축구를 보고 즐기는 건 남녀 구별이 없기
때문인지 감사패까지 받았습니다. 시민들이 주신 감사패는 드문 것이어서
더 소중하게 여기고 있습니다.

시민 문화를 꽃피우는 축제 특별시!

작년 10월 10일에 신사1동의 새락골 마을 축제는 제6회를 맞이했습니다. '새락골'이라는 명칭의 유래는 조선 시대에 힘 있는 왕실의 측근이 많이 살아서 '세력굴'이라고 부르던 것이 이후 '새락골'로 불리게 되었다고 합니다. 새락골 마을 축제는 2년마다 열리는데, 관내 새락골 공원에서 진행되며 신사1동 주민이 하나 되는 날입니다. 자치회관에서 열리는 문화공연을 시작으로 콩 옮기기와 제기차기 등 공동체 놀이 한마당, 주민 노래자랑이 벌어지지요.

신사1동에 '새락골 마을 축제'가 있다면, 신사2동엔 '비단산 문화 축제'가 있습니다. 작년 10월 19일 제7회를 맞이한 비단산 문화 축제는 춤과 음악이 흐르는 문화의 장(場)일 뿐만 아니라 물건을 교환하는 경제의 장이기도 하였습니다. 한국문인협회 은평지부의 문인들이 시와 수필을 낭송해 주셨고, 어르신들로 구성된 난타 팀이 무대에 올라 놀라운 힘을 보여 주신 게 기억에 남습니다.

어릴 때부터 수색에서 자라면서 마을에 축제가 없어 늘 마음 한구석이 서운하고 안타까웠습니다. 은평구의원에 당선된 다음, 주민자치위원들을 만나 수색만의 축제를 만들어 보자고 제안하니 위원님들이 팔을 걷어 부치고 나

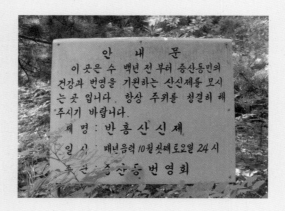

은평구의 문화라면 다양한 축제를 빼놓을 수 없습니다.
신사1동의 '새락골 마을 축제', 신사2동의 '비단산 문화 축제',
수색동의 '물빛 한마음 축제', 증산동의 '시루뫼 한마음 축제',
녹번동의 '양천리골 문화 축제', 응암1동의 '포수 마을 축제', 응암2동의 '매바위 축제',
응암3동의 '참다래 마을 한마당', 불광동의 '독바위 축제', 대조동의 '대추 마을 문화 축제',
구산동의 '거북 마을 축제', 갈현동의 '갈곡 마을 축제'…….
우리말로 축제 이름을 붙인 이유는 아마도
진관사에서 한글을 창제한 집현전 학사들의 기운 때문이겠지요.

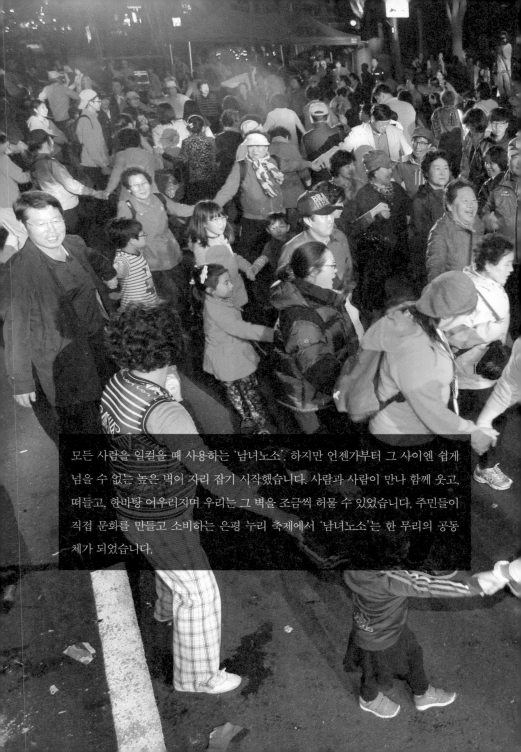

모든 사람을 일컬을 때 사용하는 '남녀노소'. 하지만 언젠가부터 그 사이엔 쉽게 넘을 수 없는 높은 벽이 자리 잡기 시작했습니다. 사람과 사람이 만나 함께 웃고, 떠들고, 한바탕 어우러지며 우리는 그 벽을 조금씩 허물 수 있었습니다. 주민들이 직접 문화를 만들고 소비하는 은평 누리 축제에서 '남녀노소'는 한 무리의 공동체가 되었습니다.

서 주셨습니다. 그해 가을에 열린 첫 '물빛 한마음 축제'는 그야말로 대박이 었습니다. 무려 1,500명의 주민들이 통별로 피켓을 만들고 나와 한마음이 되는 과정은 정말 장관이었습니다. 풍물놀이로 시작하여 주민들의 노래자랑 및 다양한 공연과 전시가 이어졌지요. 너무 기분이 좋아서 저를 키워준 수색에 보은을 했다는 생각까지 들었습니다.

증(甑)이 시루라는 뜻이어서 '증산'을 '시루뫼'라고도 부릅니다. 사실 증산에는 토박이들도 많고 공동체 문화도 있는데 아쉽게도 마을 축제가 없었습니다. 그러던 중 2010년 10월에 드디어 첫 '시루뫼 축제'가 시작되었습니다. 기념식과 문화 공연은 기본이고, 노래자랑과 먹거리 장터, 알뜰 시장, 농산물 직거래 장터가 열려 그야말로 야단법석이었습니다. 이제 작년으로 4회째 접어들어 궤도에 오른 것 같습니다. 그리고 작년에 시작된 증산동 장미축제! 올해에는 장미가 더 화려하게 필 것 같아 기대가 큽니다. 작년 축제 때는 어릴 적 열심히 보았던 순정만화 〈들장미 소녀 캔디〉가 생각나더군요.

증산동의 지역 문화에는 축제 못지않게 유명한 산신제가 있습니다. 매해 음력 10월 초하루에 열리는 '반홍산 산신제'는 수백 년을 이어온 마을의 큰 행사이자 전통문화입니다. 동네의 액운을 소멸시키고 주민의 건강과 번영을 기원하는 반홍산 산신제는 원래 여성의 참석을 허락하지 않았지만, 시대의 변화에 따라 이제는 시의원인 저도 참가할 수 있게 되었습니다. 반홍산 산신제는 마을공동체 유지에 큰 역할을 했기에 지금까지 계속되었고, 조선 시대에는 증산동의 주인이었던 나주 나씨 종중의 어른이시자 증산동 터줏대감이신 나창균 회장님께서 큰 역할을 해 주고 계십니다.

은평구는 이렇게 동마다 나름의 축제가 있지만 하이라이트는 역시 구 전체를 들썩거리게 만드는 '은평 누리 축제'입니다. 다른 구의 축제는 구청 앞이나 구의 대표적인 공원, 예술회관에서 열리지만 은평 누리 축제는 문예회관, 불광CGV, 구파발역, 진관사, 불광천 수변무대, 평화공원, 응암로 등 은평구 곳곳에서 열립니다.

고등학생부터 어르신까지 다양한 연령과 계층의 주민들이 함께 만드는 은평 누리 축제는 행사 준비와 진행 과정에서만 3,000여 명이 참가하고, 같이 즐기는 주민은 매회 4만 명에 이른다고 합니다.

은평구에는 세종문화회관이나 예술의 전당 같은 거대한 문화시설은 없습니다. 하지만 은평 음악창작지원센터 같은 무명 예술가를 배려하는 시설이 들어오며, 5한(韓)과 같은 콘텐츠와 스토리가 있는 문화 브랜드가 있고, 은평 누리 축제로 대표되는 주민 스스로가 만들고 즐기는 축제 문화가 있기에 자랑스러운 '문화 특별시'라고 자부할 수 있습니다.

Chapter 2

한 아이를 키우려면
온 마을이 필요하다

아이들에게 필요한 사람, 그리고 공간들

제가 어린 시절, 할아버지와 할머니라는 존재는 단순히 아버지의 아버지, 어머니의 어머니가 아니었습니다. 자주 용돈을 주고 옛날이야기를 해 주시는 건 기본이고, 부모님에게는 할 수 없는 이야기도 털어놓을 수 있고 때로는 부모님에게 잘못해서 혼나기라도 하면 나서서 말려 주는 그런 존재였습니다. 하지만 지금은 그런 관계가 거의 사라졌습니다. 이제는 교과서에까지 실린 영화 〈집으로〉에서도 외할머니와 손자는 엄청난 우여곡절 끝에 겨우 소통을 이루지만 그 순간에 헤어지고 맙니다.

생각해 보면 아이들의 성장 과정에서 할아버지와 할머니만 사라진 게 아닙니다. 예전에는 친숙했던 마을 아저씨, 동네 형님이나 오빠, 누나, 언니도 거의 존재하지 않습니다. 그저 학원과 학교 친구들뿐이지요. 학교와 학원에서는 가르쳐 줄 수 없는 것들을 가르치는 살아 있는 또 다른 학교인 '마을'이 필요합니다. 그러기 위해서라도 어르신들과 아이들은 같이 잘 지내야 합니다. 그러자면 어떻게 해야 할까요?

1935년에 개교한 수색초등학교는 개인적으로 저의 모교이기도 하지만,

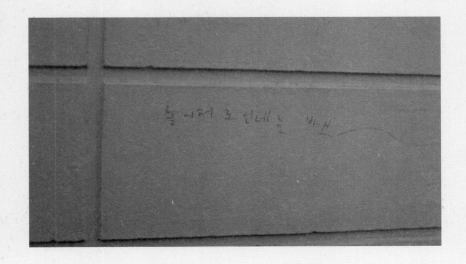

저는 어렸을 적에 할아버지, 할머니가 해 주시는 옛날이야기를 듣고 자랐습니다. 스마트폰도 TV도 없던 시절, 할아버지와 할머니의 옛날이야기는 아이들이 접할 수 있는 유일한 미디어였습니다. 기나긴 겨울 밤, 할아버지 무릎에 앉거나 할머니 치마폭에 머리를 묻고 화롯불 속에서 익어가는 고구마 냄새를 맡으며 듣는 옛날이야기는 해리포터의 판타지보다 더한 재미와 감동을 주었습니다. 할아버지와 할머니 또한 아이들의 재롱에 기대 저물어 가는 생의 끝자락을 웃음으로 장식할 수 있으셨을 겁니다.

"놀이터 노인네들 바보~"

신사동 한 어린이 공원 옆 담벼락에 쓰인 낙서를 보며, 서로 의지하며 기댈 수 있어서 행복했던 어린 시절의 한순간이 떠올랐습니다.

1976년에 증산초등학교가 개교하기까지 41년 동안 은평 남부 지역에서 유일한 초등교육기관이었습니다. 따라서 이 학교가 지역에 미치는 영향은 아주 클 수밖에 없었고, 지역의 토박이들은 다 이 학교를 나왔다고 해도 과언이 아닐 정도니 수색초등학교 자체가 한 마을이나 마찬가지였습니다. 수색초등학교를 나온 2, 3대가 동문으로 지역에 같이 사는 경우도 많고, 지역을 돌아다닐 때 반겨주시는 선후배님들을 만나서 격려를 받으면 힘이 절로 납니다.

체육대회 때는 2천여 명이 참가해서 기수별로 깃발을 들고 모이면 정말 말 그대로 장관입니다. 송년회 때는 700명 이상이 참가할 정도로 이 지역 최대의 '조직'이기도 하지요. 일대에서 가장 큰 초등학교 동문회이기에 다른 학교 교장선생님들이 부러워할 정도랍니다. 저는 41회 졸업생으로 총동문회 부총무를 맡고 있습니다.

수색초등학교 졸업생들은 선생님 이상의 역할을 하신 두 선배님을 모시고 있습니다.

자타가 공인하는 수색의 터줏대감이신 신현석 회장님은 이제는 수색을 넘어 따뜻한 은평인의 표상이 되셨습니다. 18대에 걸쳐 수색에 사신 토박이 중의 토박이기도 하시지만 선후배들의 요청으로 여섯 차례에 걸쳐 12년이나 수색초등학교 동문회장을 하셨고, 후배들의 경조사를 빼먹는 법이 없으십니다. 예전에 젊은 후배가 세상을 떠나자 건강이 최우선이라며 후배들을 모아

일생에 한 번 할까 말까 한 주례사를
신현석 회장님은 천오백 번도 넘게 하셨답니다.
기네스북에 주례사 부분이 있다면
아마도 세계 신기록이 아닐까요?

수색동에서 태어나 한 갑자 넘게 한곳에서 살고 계시는 김대익 회장님! 용산중학교에
다니실 무렵에는 매일 수색역에서 용산으로 가는 기차를 타고 등하교를 하셨다지요?
서울 안에서 지하철이 아닌 기차를 타고 다녔다니 믿기 어려운 일이지만 그때는 그런
시절이었습니다. 그때는 물론 빨간 벽돌로 만든 수색역사가 한창 여객 손님들로 붐비
던 때였지요.

지금도 매년 거르지 않고 손주뻘인 수색초등학교 4, 5, 6학년 회장단을 대상으로 강화
도에서 1박 2일로 열리는 리더십교육에 참석하신다니 정말 대단하십니다. 마을이 곧
학교라는 사실을 회장님께서 몸소 보여 주고 계십니다.

산악회를 조직하셨습니다. 매월 셋째 일요일 오전 7시, DMC역 2번 출구에는 등산복을 입은 동창회원들이 모여 산행을 합니다.

이런 활동을 가능하게 하는 힘은 후배들에 대한 애정 때문이기도 하지만 수백 명의 전화번호를 다 외울 정도로 놀라운 기억력 덕분이지요. 신 회장님은 지역 활동 뿐 아니라 보일러 전문가로서 한국열관리시공협회장을 3년이나 역임하신 '전국적'인 인물이시기도 합니다. 태풍이나 폭설, 폭우 같은 큰 재난 때에는 강원, 부산, 호남, 충청도 할 것 없이 수천 명의 협회원들을 이끌고 달려가 복구에 힘을 보태기도 하고, 평소에도 어려운 이웃들을 위해 보일러를 수리해 주고 집수리도 많이 해 주셨습니다.

작년에 신 회장님이 심장에 문제가 생겨 쓰러지셨다는 소식을 듣고 얼마나 놀랐는지 모릅니다. 다행히 심장은 회복되었지만 월남전에서 입으신 고엽제 후유증으로 입원과 퇴원을 반복하고 계신데, 정말 건강하셔야 합니다.

또 한 분의 선배님은 김대익 회장님이십니다. 김 회장님의 아버님께서는 측량사셨고 철도 업무를 하시다가 수색 철도 관사로 이사를 오셨답니다. 김 회장님은 1948년에 그 관사에서 태어나셔서 수색에 뿌리를 내린 토박이십니다. 당시로서는 드물게 대학을 졸업하여 건설업과 운수업으로 성공하셨고, 역사적인 개성공단 건설과 남북철도 연결에도 참여하셨답니다. '남북 경협이 그대로 잘 굴러갔으면 더 큰 일을 하셨을 텐데'라는 아쉬움도 남습니다. 동문 선후배님들의 간곡한 요청으로 7년째 수색초등학교 총동문회장을 맡아 정말 고생하고 계십니다. 지면을 빌려 다시 한 번 진심으로 감사드립니다. 수색, 증산 뉴타운 개발이 되면 토박이들이 많이 떠나지 않을까 걱정하고 계시는데, 사실 저도 걱정이 많이 되지만 과거와는 달리 개발과 보존이 어느 정도 공존 가능한 시대가 오고 있다고 생각합니다. 최선을 다해야지요.

당시 제가 다니던 수색초등학교 6학년 6반은 김민숙 선생님께서 담임을 맡으셨습니다. 자랑이라면 자랑이지만 그 반엔 지금은 변호사, 박사가 된 공부 잘하는 친구들이 많아서 다른 반 친구들은 우리 반을 부러움과 놀림을 섞어 '먹물반'이라고 불렀지요. 당시 선생님이 보신 다음 실감나게 전해 주신 영화 〈타워링〉 이야기와 우리들에게 불러 주신 〈에델바이스〉는 35년이 지난 지금도 잊지 않고 있습니다. 남자 동급생이 장가갈 때 한복을 곱게 차려입고 주례를 서시던 모습은 그야말로 감동이었습니다. 친구들과 매년 선생님의 생신 때 모이는데, 생신은 기억하기도 좋게 정월 대보름이지요. 6학년 6반 급우들 외에도 수색초등학교 41회 동기들 중에는 훌륭하게 성장해 지역사회의 일익을 담당하고 있는 친구들이 많습니다. 시의원으로서 현안들을 처리하기 위해 동분서주하다 보면 올곧게 자기 자리를 지키며 제 역할을 다하고 있는 친구들을 종종 마주치곤 합니다. 그럴 때면 수색초등학교를 같은 해에 졸업한 동기라는 사실이 그렇게 고맙고 뿌듯할 수가 없습니다. 친구들아 반갑다!!!

제가 초등학교를 다니던 시절에는 음악이나 미술, 태권도 학원 몇 개가 있

차설훈 신인우 정해주 박흥곤 신양식 안동구 시형곤 목종배 오실비 유화일 허만식 이천교 김기현 박런주 충영옥 서철자
심슨주 김규영 박형통 추혜숙 오경화 나옥희 조창순 이남영 참엔나 박곤서 윤병실 권아경
체아량 박재후 어창성 홍희윤 조성회 최순회 유력선 신상수 박곤솔 김은수 최경식 이재혁 이봉오
체어하 이체용 김시영 김춘자 이여리 김복용 유비회 참효은 이해준 김미원 김뮐순 최권옥 이관성
김형기 한호철 박형윤 려광헌 김설진 김향식 선생님 박효은 서해울 오화향 박태순 이나철 전심우

김 민 숙 선생님

6- 6

지금도 정겨운 추억으로 생각나는 수색초등학교 6학년 6반! 김민숙 선생님은 저희 반 담임선생님이셨습니다. 올해 3월에 교장선생님이 되신다는 소식 들었습니다. 축하드립니다! 저는 두 번째 줄 오른쪽에서 네 번째에 서 있네요.

낙엽이 뒹구는 걸 보고도
'까르르' 웃음을 터뜨렸던 학창 시절,
도시락에 얽힌 에피소드 하나쯤은
누구나 가지고 있을 겁니다.
우리 아이들이 나중에 크면
무상급식 논란을
이야기의 안주거리로
삼을지도 모를 일입니다.

을 정도였고, 그곳에 다니는 친구들도 몇 명 되지 않아서 동네 자체가 놀이터였고 이웃들이 모두 선생님이었습니다. 서오릉에 소풍가면서 역사를 배웠고, 수색역을 지나는 기차를 보고 지리를 배웠지요. 물론 그때는 친환경 무상급식은 상상도 할 수 없었고, 소시지나 계란 프라이가 들어간 도시락을 열면 같은 반 친구들의 시선이 집중되는 것은 물론이고 장난기 심한 친구들이 뺏어 먹는 경우도 많아 계란 프라이를 도시락 바닥에 깔고 다니곤 했습니다. 당시는 혼식이 의무화되다시피 해서 선생님이 도시락 검사를 하셨던 기억도 나고, 도시락을 싸오지 못한 친구들을 위해 십시일반이란 말 그대로 한 숟가락씩 덜어서 나누어 먹었던 기억도 생생합니다.

2010년 지방선거와 서울시장 보궐선거는 한마디로 말해서 친환경 무상급식으로 시작해서 친환경 무상급식으로 끝났다고 할 수 있습니다. 친환경 무상급식의 시행은 단순히 아이들에게 따뜻한 밥 한 끼 먹이는 데 그친 일이 아닙니다. 부잣집 아이나 가난한 집 아이나 같이 모여 같은 밥을 먹는다는 교육적 차원 뿐 아니라, '시혜'라고 인식되었던 복지를 누구나 누려야 하는 '권리'로 인식의 대전환을 이루는 데 성공한 것입니다.

올해부터 우리 은평구는 중학교 3학년까지 친환경 무상급식을 실시하게 되었습니다. 머지않아 고등학교까지 확대될 예정이며, 다시 생각해 봐도 '서울시의회 친환경 무상급식지원 특별위원회' 위원으로 이 일에 앞장선 것이 보람으로 남습니다.

하지만 밥만 잘 먹인다고 아이들이 건강하게 자라지는 않습니다. 동적인 아이들에게는 운동하거나 뛰어놀 수 있는 공간을, 정적인 아이들에게는 책을 읽을 수 있는 공간을 마련해 주어야 합니다. 제가 청소년 문제에 대해 관심을 가지게 된 계기는 선거 운동을 하다가, 지금은 많이 달라졌지만 청소년들이 PC방에 교복을 입은 채로 둘러앉아 자욱한 담배 연기 속에 게임을 하는 모습을 여러 번 보았기 때문입니다. 저는 청소년들이 이렇게 된 이유 중 많은 부분은 자신들의 욕구를 해소할 만한 공간이 없었기 때문이라고 생각했습니다.

어느 교장선생님은 건강이 무엇보다 우선해야 한다며 지, 덕, 체가 아니라 체, 덕, 지라는 교육 철학을 가지고 계시더군요. 아이들 운동 문제 하면 가장 먼저 생각나는 일이 증산중학교 체육관과 급식관입니다. 원래 증산중학교에는 급식관만 있었고 체육관을 운동장 오른쪽에 신축하려고 했습니다. 그런데 바로 옆에 살고 있는 빌라의 할머니들께서 체육관이 햇볕을 가린다며 결사반대하시는 것이었습니다. 실제로 지어진다면 그렇게 될 것 같았고, 아이들 건강을 위해 할머님들의 건강을 해친다면 그 자체가 옳은 일이 아니었습니다. 더구나 체육관을 지으면 운동장이 좁아지는 문제도 방관할 수만은 없었습니다.

그래서 급식관을 헐고 그 자리에 체육관과 급식관을 함께 짓자는 대안을 제시했는데, 급식관이 지어진 지 10년이 되지 않았다는 이유로 거부되었습

이따금씩, 아니 일반적으로 '규정'은 상식적이고 합리적인 사고를 방해합니다.
가뜩이나 좁은 운동장을 쪼개 체육관을 짓느니,
이미 자리를 차지하고 있는 급식관 자리에 급식 시설이 마련된 체육관을 짓자는
지극히 당연한 제안을 관철시키는 데에도 많은 어려움이 있었습니다.

이 철제 가드레일은 아이들의 안전을 위한 걸까요, 아이들을 가두기 위한 걸까요?

일본에 갔을 때 호텔 정원 계단에 설치된 대나무로 만든 손잡이가 인상적이었는데,
매듭 하나하나까지 자연친화적으로 만든 섬세함이 참 부러웠습니다.

니다. 증산동 주민들은 잘 아시겠지만 급식관은 지은 지는 오래 되지 않았지만 건물과 설비가 낡고 열악한 상태였습니다. 교육청에 가서 몇 번이나 언쟁을 벌였고 결국 제가 이겼습니다!! 얼마 전 체육관 겸 급식관이 완공되어 기분이 너무 좋았지만 부실한 뒷마무리 때문에 찬물을 뒤집어 쓴 기분이 되었답니다. 체육관 바로 아래가 증산초등학교인데, 그 사이 공간에 아무런 조치도 취하지 않아 폭우라도 쏟아지면 토사가 초등학교 쪽으로 쏟아질 위험성이 커 보였습니다. 담당자들에게 조치를 요구하기는 했지만 기껏 예산을 들여 새 건물을 지었으면 이런 공간도 잘 살펴봐야 할 것 아니냐고 쓴소리를 해야 했습니다.

　증산동을 대표하는 시의원으로서 가장 자랑스럽고 보람 있었던 일은 서울시에서 예산을 따내 만든 증산동 생활체육광장의 개장이었습니다. 사실 수색과 증산 일대에는 제대로 된 공원이나 체육 시설이 하나도 없었거든요.

　다들 아시겠지만 증산동 생활체육광장 자리는 원래 배수지였습니다. 그곳에 야간 조명이 달린 축구장, 족구장, 농구장, 풋살 경기장이 들어서니 주민들, 특히 청소년들이 얼마나 좋아하던지……. 얼마 전, 영하 10도의 강추위 속에서도 축구와 풋살을 즐기는 청소년들을 보며 시의원으로서의 보람과 기쁨을 느꼈습니다.

　늘 전용 경기장이 없어서 서운하셨던 족구 동호회 분들, 그리고 수색 축구회 분들! 체육광장이 생겨 흡족하고 기분 좋으시죠?

특히 작년에는 매주 토요일 10시부터 2시간 동안 관내 저소득층 어린이 등 30명을 대상으로 야구교실까지 운영하게 되었습니다. 더구나 야구교실 감독은 한국 야구사에 길이 남을 OB베어스의 전설적인 투수로 원년 22연승이라는 대기록을 달성한 불사조 박철순 선수가 맡았고, 코치에는 전 MBC청룡의 신언호 선수와 OB베어스의 홍길남 선수가 선임되어 앞으로 증산동이 야구 꿈나무 육성 발전의 둥지가 될 것이라는 꿈까지 꾸게 됩니다.

하지만 체육관 공사 뒷마무리가 잘못된 것처럼, 체육광장 한쪽 구석에 어린이 공원이라고 만들어 놓기는 했는데 목제가 아닌 철제 가드레일을 설치한 건 너무 무성의한 조치였습니다. 이왕 쓰는 돈, 좀 더 주민들이 쓰기 편하게 만들어 주셨으면 얼마나 좋았을까요?

지금은 체육광장으로 올라가는 길목의 유휴지를 개발하여 주차장과 자연학습장을 만드는 공사가 한창입니다. 올 가을쯤 되면 더 멋진 체육광장을 기대해도 될 것 같습니다.

사실 이런 시설만으로도 부족해서 명지대학교를 방문하여 주말에 학교 시설을 주민들에게 개방하고 인건비 등 필요한 경비는 시에서 제공하는 계획을 논의했지만, 서울시 예산 등의 문제로 아직 현실화되지는 못하고 있습니다. 지속적으로 관심을 기울이고 방법을 모색하여 언젠가는 실현시킬 생각입니다.

두 도서관과 신나는 애프터 센터

재작년 문화체육관광위에서 일할 때, 옛 서울시 청사가 서울도서관으로 바뀌는 현장에 같이 있었습니다. 멋진 광경이었고 멋진 도서관이지만 현실적으로 이런 도서관은 많이 지을 수 없습니다. 빌 게이츠는 "나를 키운 것은 동네 도서관이었다"라는 말을 즐겨 한다고 합니다. 소년 빌 게이츠는 집 근처 공립 도서관에서 열린 독서경진대회 아동부 1등과 전체 1등을 차지한 적도 있다네요. 시중에는 아이들이 읽을 만한 좋은 책들이 계속 출판되고 있지만 모든 책을 다 사서 볼 수는 없는 노릇입니다. 그래서 무료로 책을 읽을 수 있어 경제적 부담이 적은 도서관 이용은 독서 교육의 가장 기본이라 하겠습니다. 도서관 이용의 장점은 독서를 일상화할 수 있다는 점입니다. 어릴 때부터 동네에 있는 도서관을 다닌 아이들은 커서도 독서가 습관이 되겠지요. 저는 작지만 큰 역할을 하는 두 도서관을 소개하고자 합니다.

증산 정보도서관은 앞에는 아름다운 불광천이 흐르고 있고 뒤로는 숲이 우거진 봉산이 자리 잡고 있어서 말 그대로 배산임수! 터도 좋지만 건물도 아름다워서 증산동의 자랑 중 하나입니다. 이미경 의원님의 노력으로 2008

대한민국 대부분의 도서관은 책과 문화가 아닌
침묵이 가장 많은 공간을 차지하고 있습니다.
입시나 취업 등 특정한 목적이 없이도 편안하게 놀러 와
인생의 전환점이 될지도 모를 새로운 경험을 하는 곳,
그곳이 도서관일 수는 없을까요?

년 10월 9일 개관한 이래 주민들의 쾌적한 문화공간으로서 사랑받고 있습니다. 은평구립도서관에서 내공을 쌓으신 삼천사 성운 스님께서 이 도서관을 위탁받아 잘 운영하고 계십니다.

좌석 관리 시스템과 지하철역 자동 예약 대출 및 반납기 운영 등으로 개관 다음 해인 2009년에 책 읽는 서울 〈한 도서관 한 책 읽기〉 사업에서 우수도서관으로 선정되어 서울특별시장상과 우수도서관 인증 현판을 달 정도로 빠르게 성장했습니다. 하지만 우리나라 도서관들의 '병폐'라고 할 수 있는 이용객 중 입시나 취직 시험 준비생들의 비중이 높다는 현실은 이곳도 마찬가지입니다.

개인적으로 집에서 가장 가까운 도서관이라 자주 이용하기도 하고 도서관 운영위원이기도 해서 더 애착이 갑니다. 앞으로도 증산 정보도서관은 지역 문화의 중심지로 훌륭하게 제 역할을 다하겠지요. 김규순 관장님을 비롯한 직원 여러분들 파이팅입니다!!

새절역 2번 출구로 나와 돌다리 건너편에는 얼핏 보면 설치예술 작품 같은 작고 예쁜 컨테이너 도서관이 자리 잡고 있습니다. 어릴 적 동네 골목 한 모퉁이에 숨어 있던 작은 '마을문고'를 떠올리게도 하지요. 7평 정도의 넓이에 비해서는 3,000여 권이 넘는 꽤 많은 책들이 있고, 유리벽 너머 불광천을 노니는 청둥오리들을 보며 한가로이 책을 읽을 수 있는 아름다운 공간이지요.

이 도서관에 들어가려면 신발을 벗어야 합니다. 도서관에 잘 어울리는 목제 책상과 의자가 있지만 바닥에 앉아서도 책을 읽을 수 있기 때문입니다. 물론 큰 도서관 같은 주차장이나 매점은 없지만 인근 동네 주민들이 찾아와 이용하는 데는 부족함이 없답니다. 오히려 큰 도서관처럼 답답하지 않고 밖이 보이는데다 햇볕을 쬘 수 있는 장점까지 겸비한 곳이지요.

때로는 할머니가 귀여운 손주들의 손을 잡고 산책하다가 그림책을 보여주러 들어오기도 하고, 개구쟁이들이 만화책에 빠져 있기도 하고, 불광천변에 운동하러 나온 시민들이 잠시 들러 육체운동과 두뇌운동을 한장소에서 하는 모습을 볼 수 있는 곳이기도 합니다. 조금 떨어져 있기는 하지만 건너편에 있는 불광천 공중화장실과도 잘 어울리는 불광천의 명물이 되었습니다.

운동과 독서는 아이들에게 반드시 필요한 것이지만 그것이 전부는 아니지요. 청소년들의 다양한 재능을 펼칠 수 있는 무대도 있어야 합니다.

지역아동센터는 방과 후 갈 곳이 없거나 공부보다 노래나 춤, 그림이 더 좋은 청소년들을 모아 건전한 놀이와 오락을 제공하는 시설이었는데, '신나는 애프터 센터'로 제도화한 것입니다. 이곳에서 청소년들은 컴퓨터, 악기, 미술 등 배우고 싶은 것들을 마음껏 배우고 때로는 작은 공연을 통해 자신들의 끼를 보여줍니다. 때로는 센터를 나와 시원한 야외에서 끼를 발산하기도 하지요. 사실 재작년, 비단산 문화 축제 뒷풀이 자리에서 일부 주민들이 어

어떤 일이건 그 일 자체보다 일이 끝나고 이어지기 마련인
뒷풀이 또는 애프터가 더 신나고 기다려지는 경우가 많습니다.
그런데 어른들만 이런 애프터를 즐기는 게 아니지요!
은평구에는 청소년들을 위한 '신나는 애프터 센터'가 다섯 곳이나 있고,
그중 하나가 지난 2011년 12월 27일 신사동에 문을 연
'누리사랑 지역아동센터'입니다.

"Fly high 진짜 너를 보여 줘!!"라는 캐치프레이즈로
오후 2시부터 신사근린공원 내 청소년 소무대에서 진행된 '비단산 청소년 문화 축제'는,
은은하게 배어나는 5월의 아카시아 향과 학생들의 열띤 공연이 멋지게 어우러져
3시간 넘게 신사동과 비단산을 뜨겁게 달구었습니다. 재작년보다
훨씬 공연 수준도 높아지고 주민들의 참여도도 높아졌으니, 올해가 더 기대됩니다.
10년, 20년, 아니 그 이상 지속되는 축제가 되지 않을까요?

른들만 놀아서야 되겠느냐며 공원의 소무대를 청소년들의 끼와 열정을 마음껏 발휘할 수 있는 열린 공간으로 만들어 주자고 제안하면서 이 축제는 시작되었답니다. 이후 거의 20여 차례의 모임과 회의를 통해 축제의 장이 열리게 된 것이지요. 마음속으로는 '첫 번째인데 잘 될까?' 걱정을 많이 했는데, 완전히 기우였습니다. 신사동 관내 6개 학교의 20개 팀이 참여하여 사물놀이, 춤과 노래, 연주, 무술, 뮤지컬에 이르기까지 다양하게 자신들의 '끼'를 발산하였고, 당초 예상했던 500명을 훨씬 뛰어넘는 800여 명의 청소년과 주민들이 몰려들어 완전히 대박이 터졌지요.

공연도 공연이었지만 캐리커처 그려 주기, 즉석 문신, 페이스페인팅 등의 부스 운영도 호응이 좋았고, 김창운 주민자치위원장님과 박금옥 님을 비롯한 60여 명의 자원봉사자들이 행사 진행을 보조해 주고 뒷마무리까지 함께해 주셔서 얼마나 고마웠는지 모릅니다. 올해에는 얼마나 더 멋진 모습을 보여줄지 정말 기대가 큽니다.

'은평 마을 교육 특별시'라는 꿈

저는 은평의 청소년 교육 하면 세 분이 떠오르는데, 그중 한 분은 연서중학교를 인성교육의 메카로 만든 박춘구 교장선생님입니다.

1972년에 개교하여 40년이 넘는 역사를 가진 연서중학교는 기초생활수급자, 차상위계층, 경제적 곤란가정 학생들의 비중이 높습니다. 2011년 교장공모제를 통해 연서중에 부임한 박 교장선생님은 경제적으로 취약하고 학업성취도가 낮은 학생들의 인성교육이 절실하다고 느껴 2년간 인성교육에 집중하셨습니다.

그래서 박 교장선생님은 2011년 부임 직후부터 교사들과 함께 매일 아침 등교하는 학생들을 맞이하며 "안녕!" 하고 인사를 나누십니다. 박 교장선생님은 "요즘엔 아침조회 등 학생과 직접 소통하는 기회가 없어지다 보니 교장의 얼굴도 모르는 학생들이 굉장히 많다"며 "어떻게 하면 학생들에게 친근하게 다가갈까 고민하다 아침 마중을 고안하게 됐다"고 하십니다. 처음에는 교장선생님의 인사가 어색했던 학생들도 이제는 더 적극적이라고 하네요. 박 교장선생님은 "동네에서 버스를 타고 가다가도 '교장선생님~'이라고 부르며 손을 흔드는 아이들을 자주 보게 된다"며 "지난 빼빼로데이에는 직접 만든 빼빼로를 교장실로 가져오는 학생이 있을 정도로 소통의 벽이 없어졌다"고 자랑하십니다. 덕분에 연서중학교는 작년에 교육과학기술부가 선정한 '2012년 전국 100대 인성교육 실천 우수학교'에 선정되었답니다.

연서중학교는 학교생활 부적응 학생들을 위한 '텃밭 가꾸기'를 합니다. "의미 없는 처벌이나 벌점보다는 학생 스스로 깨달을 수 있는 기회를 주자"는 취지로 이 학교 허광신 생활지도부장이 아이디어를 내 학교 뒤편에 버려진 땅을 일구면서 시작되었습니다. 당연히 농사 경험이 없는 학생들이 척박한 땅을 가꾸기란 쉽지 않았지만, 텃밭을 가꾸기 위해 필요한 정보를 찾고 공부하면서 교사와 학생들 간의 친근감이 자연스레 형성되었습니다. 텃밭에 심은 상추와 고추, 토마토를 수확해 학교 등나무 교실에서 삼겹살 파티를 열기도 했다네요.

이처럼 인성교육에 힘쓴 결과 학생들의 학업성취도도 몰라보게 향상되어, 지난 5년간의 국어·영어·수학 등의 국가수준 학업성취도 평가 결과를 비교해 봤더니 기초학력 미달자는 줄고 우수학력 학생들은 늘어났답니다. 박 교장선생님은 "학교에 재미를 느끼고, 학교에 대한 정서적 안정감이 생기다 보니 자연스레 성적 향상이라는 결과가 나타난 것 같다"며 "이게 바로 인성교육의 힘"이라고 강조하십니다.

저도 이 학교에서 매년 진로교육을 하고 있으며 장애인 편의시설과 외부 도장 공사 예산을 확보하는 데 힘을 썼지만, 돈이 들어가지 않는 노력으로 학

증산초등학교 학생들의 꿈이 담긴 타임캡슐-꿈단지.
증산초등학교 옥상에 전국 최초로 '옥상 텃밭 녹색발전소'를 만드실 정도로 창조적
이시고 아이들에 대한 애정이 남다르신 경은호 교장선생님의 아이디어랍니다.
귀엽고 기특하지만 한편으로는
'내가 학교 다닐 때 이런 것이 있었으면 얼마나 좋았을까?' 하는 생각도 드네요.

증산초등학교 운영위원장, 증산동 주민자치위원, 바오로 교실 운영위원,
그리고 수많은 복지단체의 후원가이자 자원봉사자이며
다이어트 강사이기도 한 박창희 위원장님은
은평인터넷방송국(EBN) 주민발언대에도 출연해
'올바른 다이어트 법'에 대해서 무료로 강의를 해 주셨습니다.

교가 이렇게 변화된 것을 보면 사람이 얼마나 중요한지 다시 한 번 깨닫게 됩니다.

인성교육 하면 또 생각나는 학교가 신진 자동차 고등학교입니다. 이 학교는 2008년에 자동차 계열 특성화 고등학교로 지정되어 2010년에 교명이 지금의 이름으로 바뀌었지요. 서울의 유일한 자동차 고등학교인데, 놀랍게도 꽤 많은 여학생이 있더군요. 이 학교 출신 중 앞으로 여성을 위한 자동차를 만드는 학생도 나오지 않을까 하는 기대를 해 봅니다. 하지만 무엇보다도 재단이사장님과 이진구 교장선생님의 학생과 학교 사랑이 참 놀라웠습니다. 그런 사랑 덕분에 학생들과 동문들의 존경을 한 몸에 받고 계시더군요. 동문 선배들은 수색초등학교의 선배님들을 연상하게 했습니다. 그래서인지 학교도 화장실에 낙서 하나 없이 너무 깨끗하더군요. 이 학교에 다녔던 구세군 서울 후생원 브라스밴드 악장 출신 최슬기 양은 놀랍게도 작년에 서울대 음대에 합격했다고 합니다.

마지막 한 분은 박창희 증산초등학교 운영위원장님입니다. 박 위원장님은 그야말로 맨손으로 시작해서 수십억 원 대의 매출을 올리는 성공한 CEO입니다. 하지만 저에게, 아니 증산동 주민들에게는 없어서는 안 되는 일꾼이랍니다. 잘못 만들어진 증산초등학교의 교문과 경사로를 고치는 일에 저와 협력하여 큰 역할을 해 주셨습니다.

박 위원장님은 증산동 주민센터 주민자치위원과 바오로 교실 운영위원을 맡고 계시면서, 초등학교 육상부와 바오로교실 작업장 지원 및 물품 후원, 불우이웃을 돌보는 성산교회 지원, 노인정 지원, 수색 장애인모임 지원, 각 지역 사회복지관과 행복창조노인복지센터에 꾸준히 후원을 해 오고 있습니다. 단순히 돈과 물건만 기부하는 것이 아니라 수지침을 배워 어르신들을 대상으로 재능 기부 봉사도 하고 있지요. 유명한 다이어트 강사이기도 하셔서 방송에도 많이 나가시는데, 도대체 몇 가지 일을 하는지 마치 하루를 24시간이 아니라 48시간으로 쪼개서 사시는 분 같아요.

도대체 저런 에너지가 어디서 나올까? 늘 궁금했는데, 축구시합 때 뛰는 모습을 보니 '선천적인 에너지와 후천적인 노력이 합쳐져서 지금의 박창희 사장님이 되었구나'라는 생각이 들었답니다. 박 위원장님! 박 사장님! 이사 가지 마시고 증산동에서 계속 사셔야 합니다!!

이런 분들의 활약도 있고, 신나는 애프터 센터와 아직 '제도권'에 들어오지 못한 지역아동센터가 나름의 역할을 해 주고 있지만, 아직은 '학교로서의 마을'이 가지고 있는 잠재력이 발휘되고 있지는 않기 때문에 부족한 부분이 많습니다.

어르신들과 아저씨, 아줌마, 동네 오빠들이 '마을 학교'의 교사로서 활약하는 '은평 마을 교육 특별시'는 포기할 수 없는 미경이의 꿈입니다.

머지않아 놀이터 옆 담벼락에 "할머니 짱! 할아버지는 박사님!"이라는 낙서를 볼 수 있을까요?

Chapter 3

복지로 만드는
새로운 세상

어렵지만 가야 할 길, 생산적 복지

2010년 선거에서 당선된 후, 뜻 맞는 동료의원들과 함께 서대문구의 신원철 의원님을 대표로 '사람중심포럼'이라는 연구 모임을 결성했습니다. '사람중심포럼'은 서울시의회에서 친환경 무상급식 도입을 주도하며 복지 문제에 대한 많은 공부도 같이 하였습니다. 친환경 무상급식이라는 대세를 거스른 오세훈 시장은 결국 시장직에서 물러날 수밖에 없었고, 새누리당 소속 지방단체장조차 친환경 무상급식을 받아들이지 않을 수 없게 되었지요.

이후, 그전에는 상상도 할 수 없었던 '보편적 복지'라는 용어가 대중화되었고 박근혜 후보조차도 선거 공약으로 내세우게 되었습니다. 결국 2012년 대선은 승패를 떠나 복지 정책이 이슈가 되었던 첫 번째 대선이 되었습니다. 복지 정책은 두 유력 후보의 가장 중요한 공약이 되었고, '보편적 복지'나 '생산적 복지'라는 단어가 국민들에게 각인이 된 것만으로도 큰 의미가 있었던 선거였다고 생각합니다.

하지만 '보편적 복지'나 '생산적 복지'가 무엇인지 모르겠다는 분들이 많은 것도 엄연한 현실입니다. 사실 서유럽의 선진국들도 정치적 민주주의를 완성한 이후 엄청난 사회 갈등을 겪고 복지 정책을 실행해야 한다는 사회적 합의가 이루어지고 나서야 복지국가로의 길을 가게 되었습니다. 이렇게 보면 우리나라는 진정한 '보편적 복지국가'와 '생산적 복지국가'로 가기 위한 발걸음을 겨우 시작했다고 보아야 하지 않을까요?

복지국가로 나아가야 하고, 그러기 위해서 할 일은 많지만 현실은 매우 어렵습니다. 중앙 정부는 물론 거의 대부분의 지방자치단체들은 재정난으로 복지 정책을 수행하는 데 상당한 어려움을 겪고 있습니다.

하지만 복지사회를 만들어야 한다는 명제는 거스를 수 없는 대세입니다. 저에게 복지란 "나눔의 기쁨을 느끼게 해 주는 것"이자 "사회적 약자에 대한 배려"인데, 서울시와 은평구는 비록 느린 걸음이나마 그쪽으로 가고 있기 때문입니다.

제 집에서 걸어서 몇 분 거리에 있는 '바오로 교실'은 은평 지역의 정신적, 육체적 장애가 있는 친구들을 모아 치료도 해 주고 일도 함께 하는 공동체입니다. 장애인, 더구나 중증 장애인이 무슨 일을 하느냐고 반문하시는 분들이 있겠지만 그런 장애인들일수록 더욱 일을 해야 한답니다. 그저 보살핌만 받는다면 스스로에 대한 자존감이 없어지기 때문이지요. 스스로 일하게 하여 자존감을 심어 주고 경제적으로 자립할 수 있게 하는 바오로 교실은 그야말로 증산동의 빛과 소금 같은 역할을 해 주고 있습니다.

저는 이 교실의 운영위원을 맡고 있는데, 이곳에서 만드는 '누룽지 과자'는 국산 쌀과 현미로 만들고 방부제는 물론 조미료도 넣지 않아 담백한 맛이

저는 밥보다 누룽지를 더 좋아합니다.

보통은 식당에서 돌솥밥을 먹을 때 밥을 덜고 누룽지에 물을 부어 나중에 먹지만

저는 밥을 던 후 누룽지부터 먹습니다.

제가 누룽지를 좋아하는 걸 아는 지인들은

가끔 바오로 교실에서 만든 누룽지 과자를 선물로 사다 주곤 합니다.

그래서 이 교실이 더 정이 가는지 모르겠습니다.

일품이랍니다. 물을 부어 끓여 드셔도 아주 맛있습니다. 가격도 열다섯 개가 들어 있는 봉지 하나에 단돈 천 원! 간식으로 많이 드시면 좋겠지요?

바오로 교실에서는 누룽지 과자만 만드는 것이 아니라 소풍도 가고, 성지 순례도 가고, 음악이나 미술 교육도 합니다. 이들이 울리는 핸드벨 소리는 천상의 소리 같다는 착각까지 불러일으킬 정도입니다. 저도 운영위원으로 한 몫을 하고 있는데, 스스로 서고자 하는 장애인들의 노력도 대단하지만 그들을 도와주는 자원봉사자들을 보고 있으면 감탄이 절로 나옵니다. 이런 분들이 많이 사는 곳이 저의 지역구라고 생각하니 자랑스럽기도 하고 더 잘해야 한다는 부담도 생깁니다. 뉴타운 개발로 인한 공간 확보 문제 때문에 조성애 원장님께서 고민을 많이 하고 계신데, 다 같이 노력해요! 원장님, 힘내세요!!

중증 장애인들도 일할 수 있는데 어르신이라고 못할 리는 없습니다. 그래서 은평구에는 '배배 꼬여 있는' 어르신들이 많습니다. 뭔 이야기냐고요? 사실은 '꼬부랑 콩나물'과 '꽈배기 나라'에서 콩나물과 꽈배기를 만드는 어르신들 이야기입니다. 어르신들이 갈현2동, 역마을, 신사1동의 경로당과 응암2동 주민센터에서 콩나물을 재배하여 여러 식당에 공급하고 있습니다. 꼬부랑 콩나물이란 이름이 붙은 이유는 꼬불꼬불하고 짤막하기 때문인데, 급기야 작년에 구청 앞에 마을 기업인 '꼬부랑 콩나물 국밥집'을 열어 성업 중입니다. 은평구민 모두가 어르신들이 사랑으로 기른 콩나물을 먹고 더 힘을 냈

으면 합니다. 여기서 나오는 수익금은 경로당 운영금으로 지원됩니다. 은평 누리 축제 기간 중에는 콩나물 요리 경연대회를 열고 꼬부랑 콩나물 국밥집 주방장도 선발하였답니다.

지난해 7월 25일에 문을 연 '꽈배기 나라' 또한 이에 뒤질 수 없습니다. 깨끗한 기름으로 노릇노릇 맛있게 튀긴 'S라인'의 꽈배기는 12시, 1시 30분, 3시, 5시 등 하루에 네 번 나오는데 아주 잘 팔리고 있습니다. 물론 저도 찾아가 맛있게 먹었답니다. '꽈배기 나라'는 사회복지법인 '행복창조'가 만든 은평 시니어 클럽이라는 사회적 기업에서 연 가게입니다. 3년 전, 서울시 지정을 따낼 때의 긴장감을 저도 잘 기억하고 있습니다. 어르신들이 일도 하시고 적은 돈이지만 직접 벌어서 손주들에게 용돈도 주실 수 있으니 정말 좋은 일이 아닐 수 없습니다.

'행복창조'는 지역 안에서 노인이나 어려운 생활환경 또는 몸과 마음의 장애로 인해 고생하는 분들에게 여러 가지 도움을 주는 재단인데 이번에 '업무영역'을 확장한 셈이지요. 사실 저도 행복창조에 사회복지사 실습을 나갔는데, 그때 어르신들과 같이 즐겼던 팽이 놀이와 같이 불렀던 동요를 생각하면 미소를 머금게 됩니다.

은평 시니어 클럽은 '꽈배기 나라' 외에도 불광보건분소에 있는 '산 아래 카페' 등의 사업을 벌여 50여 명의 어르신들에게 일자리를 제공하면서 자리

꼬부랑 콩나물은 뿌리가 잘고 부드럽습니다.
촉진제를 써서 급하게 키운 콩나물이 아니기 때문입니다.
문득 할머니가 정성스럽게 키운 꼬부랑 콩나물이
학교 급식에도 공급되면 좋겠다는 생각을 해 보았습니다.

를 잡아 가고 있습니다. '행복창조'의 김현훈 원장님은 장수국가이자 고령층이 많은 일본에서 공부하신 경험을 살려 좋은 프로그램을 계속 만들고 계신 아이디어 뱅크이기도 하십니다. 김 원장님 파이팅!!! 저도 늘 많이 배우고 있습니다.

따뜻한 사람들

사실 은평구는 이렇다 할 대기업도 없고, 학교는 많고 집값이 비싸지 않아 구 재정이 넉넉할 수가 없습니다. 더구나 노인층과 어렵게 사시는 분들이 많아 오히려 다른 지역보다 복지 수요는 더 많답니다. 하지만 따뜻한 마음을 가진 은평구민들이 그 공백을 많이 메워주고 계십니다.

대표적인 분이 수색에서 '등대지기 사랑방'을 지키고 있는 이홍배 씨입니다. 홍배 씨는 화물운송기사와 수색2통장을 하면서 어려운 환경의 장애인을 돕기 위해 봉사단체인 '등대지기'를 만들었습니다. 등대지기의 시작은 10년 전으로 거슬러 올라갑니다. 홍배 씨는 뇌경변 1급인 이윤호 님이 당시 머물고 있던 시설이 너무 열악한 걸 보다 못해 사비 450만 원을 털어 자신의 동네에 방 2칸짜리 작은 집을 전세로 얻어 윤호 씨를 데려가면서 등대지기를 시작했습니다. 하지만 손가락만 겨우 움직이고 2주에 한 번씩은 누군가가 손으로 대변을 파내 주어야 하는 윤호 씨를 돌보는 건 정말 어려운 일이지요. 오죽하면 윤호 씨의 어머님조차 "통장님도 가정이 있는데 이렇게까지 신세 질 수는 없다"며 거부하는 걸 홍배 씨가 "죽을 때까지 책임지겠다"며 데려왔다고 합니다. 지금은 중증장애인 5명과 노인 1명이 등대지기의 가족이 되었고, 홍배 씨는 이들이 거처하는 곳 외의 나머지 공간을 할머니 노인정으로 개방하여 사랑방이라고 이름 지었습니다.

저도 사정을 듣고 구청과 지역사회에서 지원받을 수 있도록 도움을 주기는 했지만, 직접 운영하는 홍배 씨를 보면 정말 대단하다는 생각밖에는 들지 않습니다. 얼마 전에는 코레일 수색지부에서 도와주었다는 소식을 들었습니다. 홍배 씨! 몸 상하지 말고 늘 건강하고 행복하세요!

증산동에는 8개의 경로당이 있는데, 그중에서도 증산동 할아버지 경로당은 35년의 역사를 자랑하는 가장 오래된 경로당입니다. 어르신들 대부분이 증산동 토박이로서 살아 있는 증산동의 역사라고 할 수 있지요. 이 경로당은 총무님이 새벽 4시 30분쯤 문을 열고 저녁 6시경에 닫는데, 그 동안에는 누구나 이용이 가능합니다. 매달 조금씩 회비를 걷기는 하지만 구청에서 나오는 지원금이 큰 몫을 차지하고 있습니다. 물론 냉난방비가 포함되어 있습니다. 구의원 시절 예산 심사를 할 때마다 부족한 지원금이 눈에 밟혔습니다. 이곳에 가면 제 아버님보다도 나이가 많으신 수색초등학교 대선배님들이 "미경이 왔구나" 하며 손을 잡아 주신답니다. 늘 고맙습니다!

증산동 할머니 경로당에는 할머님들이 보통 9시쯤 모여서 오후 5, 6시쯤에 귀가하시지요. 점심은 직접 해결하시거나 주민자치위원회 등 지역 사회단체들에서 도움을 드리기도 합니다. 1주일에 3회 정도는 복지관에서 나오는 강사 분들에게 체조나 노래를 배우기도 합니다. 봄과 가을에는 새마을 금고 등 여러 단체의 후원으로 소풍을 다녀오시기도 합니다. 그때 저도 나가 인사를 드리는데, 설레고 즐거워하시는 표정이 마치 천진난만한 초등학생들 같아서 주변 사람들까지 모두 덩달아 유쾌해진답니다. 복날이나 산신제 같은 축제일에는 제법 북적거려 저도 기분이 좋아집니다. 물론 역사는 이곳보다 짧지만 우방아파트, 월드컵 아파트 등 아파트 노인정에서도 다양한 프로그램과 삶의 이야기가 이어진답니다.

은평구에서 유일무이한 대학인 서울기독대학교는 1985년에 효창동을 떠나 신사동에 자리를 잡았습니다. 제가 이 대학에 애착을 가지는 이유는 물론 지역구에 있는 대학이기 때문이기도 하지만 이 대학교의 정상기 교수님께 사회복지사 실습을 받았기 때문입니다. 서울기독대학교는 사회복지 분야에서는 유명한 대학교이며, 은평구 관내 많은 복지관과 업무 협약을 맺고 실질적인 도움을 주고 있습니다. 그러니 은평구민에게는 종교를 떠나 아주 소중한 존재가 아닐 수 없지요.

서울기독대학교가 자리를 잡고 있는 신사1동은 유난히 효 사상이 강한 마을입니다. 가게 이름부터 범상하지 않은 '효 면옥'은 효도 마을 신사1동을 상

증산동 할머니 경로당은 증산동 일대 할머님들의 사랑방 역할을 하는 곳입니다.
한때는 회원이 130명이 넘었지만 지금은 재개발 영향도 있고
자녀들의 이사로 인해 절반 정도로 줄어들었습니다.
사진 속의 박옥재 할머님은 반세기 전 증산동에 이사 오신 후
온갖 동네일을 도맡아 하시던 여성 일꾼이셨습니다.
할머니 경로당 초대 회장이시기도 합니다.

어느 농가를 지나다 찍은 사진입니다.
어미 개는 바싹 말랐는데, 젖을 먹는 강아지들은 살이 통통 올라 있네요.
사진을 찍는 저를 쳐다보는 어미 개의 무덤덤한 표정이
제 가슴을 '쿵' 하고 내리쳤습니다.
어미 개의 표정에서 젊은 시절 자식들을 위해,
그리고 나라를 위해 온몸 바쳐 살아오셨지만
지금은 쓸쓸히 경로당 한구석을 차지하고 계실
부모님 세대의 모습이 떠올랐기 때문입니다.

징하는 '랜드마크'이기도 합니다. 사진에서 보듯이 어르신들에게 냉면과 갈비탕을 2,000원이나 싸게 팔고 있습니다. 중고등학생이나 대학생 할인은 꽤 많이 볼 수 있지만 어르신에게 할인을 해 드리는 가게는 별로 보지 못하셨을 겁니다. 아마도 전봉효 사장님의 이름에 '효' 자가 들어가 있어서 이런 일을 하시는 게 아닐까? 하는 생각까지 해 봅니다. 신사1동 주민자치위원회가 '어르신 만세' 사업을 펼쳐 음식점과 미용실, 사우나 등 18곳에서 어르신 할인을 실시하지만 '효 면옥'이 가장 앞장서고 있고 눈에도 잘 띕니다. 저는 신사1동에만 가면 새마을금고와 주민자치위원회를 이끌고 계신 꺼꾸리 이광희 이사장님, 장다리 정종길 위원장님, 그리고 두 분을 바라보면서 싱글벙글 웃고 계시는 장태자 여사님이 생각납니다. 세 분 덕에 효도 마을 신사1동이 유지된답니다.

'효 면옥'은 어르신을 잘 대접하는 가게이기도 하지만 내부가 넓어서 마을 모임이 자주 열리는 곳이기도 하지요. 늘 그 자리에서 신사동을 지켜주는 모습이 보기 좋은 착한 가게입니다. 신사동 어르신들 건강하세요!!

신사2동 주민센터에 자리 잡고 있는 구립 신사노인복지관은 규모부터 지상 4층, 지하 1층으로 꽤 큽니다. 사회복지사, 조리사, 물리치료사, 영양사, 요양보호사, 간호조무사 등 다양한 전공을 가진 직원들이 어르신들을 정성껏 보살피고 있습니다. 복지관 안에 있는 신명데이케어센터는 치매 같은 노인성 질환으로 고생하는 어르신들을 낮 또는 밤 동안 보호하여 가족들의 수발

어르신이 행복한 동네!
어르신이 존경받는 세상!
신사1동 주민자치위원회가 함께합니다!

만65세이상 어르신께
냉면/갈비탕 2,000원 할인해 드립니다

효면옥 02)303-7300

마을을 건강하게 만드는 식당 '효 면옥'.
마을이 건강해야 식당도 마을에서 오래오래 장사를 할 수 있습니다.
바보스러울 정도로 단순한 이 진리를 아는 식당도,
실천하는 식당도 많지 않습니다.

신사노인복지관의 짜장면 봉사 현장에서

맛있게 짜장면을 드신 백 세 어르신과 찍은 사진입니다.

백 세라고 하시는데, 지금도 고우시니 젊었을 땐 얼마나 예쁘셨을까요.

말로만 복지를 외쳐서는

안 되겠다는 생각으로

딴 자격증들.

부담을 덜어드리는 시설입니다. 사실 제가 요양보호사 자격을 얻기 위해 공부를 시작한 이유는 이곳의 운영위원을 맡았기 때문이기도 했습니다. 이 복지관에 들어서면 수색 LG전자 박영관 사장님이 기증하신 대형 TV가 가장 먼저 맞이해 줍니다. 정말로 지역사회를 위해 많은 봉사를 해 주시는 박 사장님! 늘 감사합니다!

아무것도 주지 못할 만큼 가난한 사람도 없으며, 아무것도 받지 못할 만큼 부자인 사람도 없다는 말을 실천하는 구립 신사노인복지관은 효도 마을 신사동의 자랑이기도 합니다.

마을 지향 복지생태계

반려 동물이란, 사람과 더불어 사는 동물이 인간에게 주는 여러 가지 혜택을 존중하여 사람들의 장난감이 아니라는 뜻에서 붙여진 명칭입니다. 애완동물 대신 이 명칭이 정착되어 정말 다행스럽게 생각하고 있고, 최근에 「동물보호법」 개정안이 통과되어 동물 보호가 법제화되었습니다. 하지만 안타깝게도 경기 악화와 반려 동물 진료 시 부가세 징수로 인하여 주인으로부터 버려지는 반려 동물의 수가 계속 늘어가고 있습니다.

버려진 반려 동물들을 보호하는 시설이 있기는 하지만 장소와 유지비 때문에 아직 살 수 있는데도 안락사를 당하는 반려 동물이 너무나 많습니다. 반려 동물이 심리치료 특히 자폐아의 치료에 효과를 준다는 사실이 밝혀져 자폐아 가정에 분양이나 기증이 확대되도록 노력했고, 소방관이 맡고 있는 동물 구조를 동물병원에서 맡도록 했는데 안락사 비율이 낮아져 실제적인 효과를 보고 있습니다. 올해에는 동물보호센터를 시 직영으로 하는 방안과 동물의료보험제도 도입을 검토하고 있습니다.

이를 두고 어떤 분이 이렇게 묻더군요. "사람도 다 신경 쓰지 못하는데 동물에 너무 신경 쓰는 것 아니냐?" 저는 이렇게 대답했답니다. "동물이 살지 못하는 세상에 사람이 어떻게 잘 살겠습니까?" 6년 전 구제역으로 7백만의 생명이 '대학살'을 당했는데, 최근에 AI로 다시 그런 일이 벌어지고 있습니다. 이 정도에서 빨리 잘 수습되길 바랄뿐입니다.

저를 도와주고 있는 최예리 양은 유기견이었던 시추 두 마리를 키우고 있답니다. 저는 앞으로도 반려 동물에 대해서 계속 관심을 가질 것이고 한 마리라도 유기 동물을 줄이는 데 앞장설 것입니다.

은평구에는 세 곳의 종합사회복지관이 있는데, 그중에 가장 대표적인 시설인 신사종합사회복지관은 효도 마을 신사1동에 있고, 조계종에서 운영하고 있습니다. 작년까지 관장을 맡으셨던 보련 스님은 지역을 중심으로 한 복지생태계 조성 사업에 열심이셨고, 특히 '따사로이'라는 복지 브랜드까지 만드셨습니다. '따사로이'는 '따뜻한 사회로 이끄는 사람들'의 줄임말로, 지역 주민이 함께 건강하고 행복하게 살아가는 따뜻한 지역사회가 되자는 의미가 담겨 있습니다. 카라 못지않은 작명 센스가 돋보이지요?

신사종합사회복지관은 작년 서울시내에 있는 84개 복지관 중에서 은평에선 유일하게 '마을 지향 복지관'으로 선정되었습니다. 한 해 동안 마을 복지생태계 조성 사업을 꾸준하게 진행했기 때문이었습니다. 구체적으로 말씀 드리면 예전에는 "독거노인 60세대에 김치 5포기씩 나눠 드리려면 300포기는 담가야 하고, 자원봉사자는 20명 정도 모집해야겠다"라는 식이었다면,

"KARA?? 아이돌 걸그룹 카라와 반려 동물이 무슨 상관??
혹시 카라도 이효리 씨처럼 동물보호운동을 하나?"라는 분들이 있으실 겁니다.
여기서 말하는 KARA는 Korea Animal Rights Advocate의 약자로 동물보호 시민단체
입니다. 이 단체는 유기동물 보호는 물론, 잔인한 사육이나 도살 반대, 불필요한 동물
실험 반대 등 의미 있는 활동을 하고 있습니다.
작명 센스가 대단하다고 생각하시는 분도 계시겠지만 사실 걸그룹 카라보다 먼저 생
긴 단체입니다. 얼마 전 서울시와 함께 준비하고 있는 동물보호 조례 개정안 제정과
관련하여 카라 사무실을 방문해 의견을 나눴습니다.

"김 할머니는 싱겁게 드시니까 204호 어머님과 김 할머니를 연결해 드리고, 박 할머니는 젓갈 없이 드시니까 부녀회장님과 연결해 드려야겠네"라는 방식으로 진화했습니다. 목동 청소년수련관과 서울 노인복지센터의 관장을 지내신 지완 스님이 더 잘 이끌어 주시리라 믿습니다.

어감도 좋은 '따사로이'를 브랜드화한 신사종합사회복지관은 브랜드와 종합복지관이라는 이름에 부끄럽지 않게 다양한 활동을 하고 있습니다. 특히 올해부터 은평 M.C.M(Multi Culture Movement)이라는 이름으로 다문화가정 지원 사업이 시작됩니다. 국경을 넘어 새 나라에 정착하려는 여성들의 강점을 찾아주는 M.C.M에 기대가 큽니다.

단일민족으로 구성된 이 땅은 외국인들이 살아가기에 녹록치 않은 나라입니다. 1990년대 이후, 외국인들과의 결혼 비중이 10%를 넘어서고 배우자들의 국적도 다양해졌습니다. 피부색이 다른 여성들과 아이들이 살아가기 쉽진 않았지만 세상은 변하는 법입니다. '다문화'라는 용어가 등장하고 그분들도 한국의 일부라는 인식이 확산되었습니다. 아직 갈 길이 멀지만 미국의 오바마 대통령처럼 50년쯤 후에는 다문화 가정 출신의 대통령이 나올 수도 있지 않을까요?

따사로운 햇살이 들이치는 신사종합사회복지관 계단의 창문.
신사종합사회복지관의 복지 브랜드 '따사로이'는
이 창문으로 들어오는 따사로운 햇살에서 착안한 이름이 아닐까요?

작년 9월, 문재인 의원님이 은평문화예술회관에서 열린
'재한조선족연합회 가을맞이 문화 공연'을 보러 오셨습니다.
문 의원님의 부모님이 이북에서 내려오신 실향민 출신이시니
고향을 떠나 낯선 땅에서 살아가는 이들에 대한 관심이 남다를 수밖에 없으시겠지요.
그리고 보니 참여 정부 시절 노무현 대통령께서 예고 없이
구로구의 조선족 교회를 방문하셨던 기억도 납니다.

사람을 그릴 때 자주 사용하던 '살색'은
이제 더는 크레파스에서 찾아볼 수 없습니다.
색깔을 부르는 이름에도 시대상에 따른 인식의 변화와 철학이
깃들어 있음을 느낍니다.

Chapter 4

함께 사는 길,
골목 경제와 착한 개발

전통시장과 SSM

'전통시장'이라는 용어는 2010년 「재래시장 및 상점가 육성을 위한 특별법」이 「전통시장 및 상점가 육성을 위한 특별법」으로 법명이 변경되면서 종전의 명칭이 바뀐 것입니다. 개인적으로도 낡고 허름한 느낌의 재래(在來)라는 단어보다 전통(傳統)이 훨씬 좋게 느껴지지 않나요?

서울에는 약 330개나 되는 전통시장이 있고, 은평구에는 14개가 있습니다. 그중 수색초등학교 앞에 자리 잡은 전통시장인 수일시장은 어릴 때부터 이용하였기에 무척 친숙합니다. 수색 제일의 시장이라는 뜻의 수일시장은 그 이름에 걸맞게 언제나 북적거리고 생기 넘치는 동네 최고의 번화가였습니다. 생선, 과일, 야채, 먹거리, 연탄, 문구 등 없는 것이 없었고, 인접한 수색역 등 교통도 편했기에 고양시와 상암동 주민까지 이용하는 활기찬 시장이었지요.

하지만 일산 신도시가 개발되고 시대가 변화하면서 수일시장은 점점 쇠퇴하였습니다. 1990년대 후반, 이를 견디다 못한 상인들이 재개발추진위원회를 만들어 주상복합 건물을 짓는 재개발을 추진했지만, 건설사의 부도로 안타깝게 첫 삽도 뜨지 못하고 좌절되었습니다.

그러면서 대부분의 상인들이 '땡처리'로 재고를 정리하고 이곳을 떠나셨

수일시장 뒤편엔 폐허 상태로 방치되어 있는 옛 시장골목이 있습니다.
문래동 예술촌처럼 가난한·예술가들의 창작터로 꾸며 볼 생각도 했지만,
외지인이 대부분인 건물 소유주의 허락 없인
불법 무단 점유가 된다고 하여 손도 못 대고 있는 실정입니다.
한때는 모두 서민들의 장바구니를 덤과 정으로 채워 주던 상점이었을텐데…….
수일시장을 지날 때마다 대형 마트에 밀려나고 있는
전통시장의 현주소를 보는 것 같아 늘 마음이 아픕니다.

'증산'과 '시장' 사이에 있는 '종합'이라는 말은 처음에 어떤 의미로 붙여진 것일까요?
여느 전통시장보다는 큰 규모를 과시하기 위해 쓰기 시작한 것은 아닐까요?
예전에는 온통 좋은 것에 '종합'이라는 말을 붙였던 것 같습니다.
어렸을 때 명절이 기다려졌던 건, 명절 자체의 의미보다는
집을 찾는 손님들 손에 들려 있던 '종합선물셋트' 때문이었습니다.
아무리 작은 건설사라고 하더라도 '종합건설'이라는 명칭을 쓰지 않으면
명함도 못 내밀던 시절이 있었습니다. 학창 시절 사용하던 '종합장'은
공부도 하고, 그림도 그리고, 친구들과의 비밀 편지를 쓰기 위해 사용했던
만능 노트였습니다. 어느 날 문득 증산종합시장 간판 사이에
조그맣게 끼어 있는 '종합'이라는 빛바랜 단어가 추억을 되살렸습니다.

고, 지금은 몇몇 분들이 남아 장사를 계속하시면서 예전과 같은 부흥을 모색하고 있습니다.

수색뿐 아니라 증산동에도 대표적인 전통시장이 있습니다. 신사2동과 마주하고 있는 '증산골목시장'은 1970년대 후반, 시장 골목 한편에서 하나둘씩 야채나 과일을 밖에 내다 팔면서 자연스럽게 형성되었습니다. 좌판이 늘어나면서 일반 주택까지 가게로 개조되어 한편은 세를 내는 가게와 한편은 좌판이 벌어져 있는 현재의 모습이 되었습니다.

구청에서 맨바닥인 도로를 포장해 주긴 했지만 나머지 시설인 슬레이트 지붕이나 가로등 등은 상인들 스스로 만들었으니 정말 대단하지 않나요? 80년대에는 지나다니지 못할 정도로 사람이 많았지만, 다른 전통시장과 마찬가지로 대형 마트의 등장과 브랜드 상품의 선호로 인해 지금은 예전 같지 않습니다. 하지만 시장 근처에 사는 주민들이 간단한 장을 보는 경우에는 반대편에 있는 대형 마트로 가기보다 이 시장을 이용합니다. 그래서 이곳은 여전히 활기 있고 사람 냄새가 납니다.

증산종합시장은 증산골목시장과는 달리 법인체로서 커다란 단층 건물 안에 들어서 있습니다. 집에서 가장 가까운 시장이라 저도 자주 들르곤 합니다. 시장 내에는 150개가 넘는 가게가 있는데, 다른 재래시장과 마찬가지로 증산종합시장도 예전보다는 많이 쇠락했습니다.

대형 마트·전통시장 매출액 비교 (단위: 원) 자료: 통계청

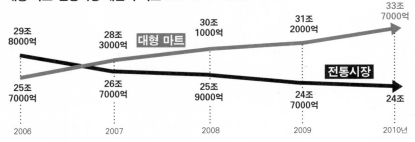

	2006	2007	2008	2009	2010년
대형 마트	25조 7000억	28조 3000억	30조 1000억	31조 2000억	33조 7000억
전통시장	29조 8000억	26조 7000억	25조 9000억	24조 7000억	24조

대형 마트와 전통시장의 매출액 차이가 점점 벌어지고 있습니다. 한국사회가 겪고 있는 양극화의 단면을 대형 마트와 전통시장이 보여 주고 있습니다.

　　최근 이 시장 앞에 변종 기업형 슈퍼마켓(SSM)이 들어섰습니다. 작년 7월 24일에 전통시장과 중소상인들을 보호하기 위해 「유통산업발전법」 시행령과 시행규칙 개정안이 공포되어 대형 마트와 기업형 슈퍼마켓이 신규로 출점하거나 확장하기 위해서는 해당 지방자치단체에 '상권영향평가서'와 '지역협력계획서'를 의무적으로 제출하게 되었습니다. 특히 '지역협력계획서'에는 지역상권·경제 활성화 방안과 전통시장 및 중소상인과의 상생 협력 강화 방안 등을 명기하도록 하여 대형 마트와 기업형 슈퍼마켓이 불공정 경쟁을 유발하거나 소비자의 권리를 약화시키지 못하게 하였습니다.

　　하지만, 법이 있어도 빠져나가는 방법은 나오기 마련이더군요. 증산종합시장 앞에 '변종' 기업형 슈퍼마켓이 들어온 것입니다. '우리마트'라는 이름으로 사업자등록을 했지만 대형 마트의 상품공급점이라는 간판을 달고 있습니다. 본사 직영이 아닌 개인사업자이기 때문에 사실상의 SSM임에도 개정된 유통법이나 상생법의 규제를 받지 않습니다.

저는 서울시의회에서 박원순 시장께 이런 문제점에 대해 지적하였고, 서울시에서도 대책 마련에 착수하였습니다. 사실 이런 꼼수까지 써서 골목 상권을 차지하려는 대기업의 욕심에 할 말을 잃었지만, 저조차도 가끔은 SSM을 이용할 정도로 이미 주변 상권 깊숙이 들어와 있는 것이 현실입니다. 하지만 이런 편리함은 언젠가는 우리에게 큰 대가를 요구할지도 모릅니다. 이와 관련하여 〈원숭이 신발〉이라는 동화가 생각납니다.

어쩌면 우리는 신발값이 너무 비싸다고 투덜거리는 원숭이들이 되어 가는지도 모릅니다. 이 동화는 소비자가 아닌 생산자 위주로 쓸데없는 소비를 촉진하는 대기업 중심의 경제에 대한 경고이기도 합니다. 산업화와 세계화 과정은 생산물의 원래 가치와는 상관없이 교환을 통해 얻는 이익에만 몰두하였습니다. 인체나 환경에 유해하더라도, 삶의 질과 관계없더라도, 그것이 보다 많은 경제적 이익을 가져다 준다면 신발 장수처럼 아무 거리낌 없이 생산하여 쓸데없는 소비를 조장하였습니다. 이렇게 편리함과 가격만을 찾는 소비와 그 소비를 부추기는 생산이 계속된다면 골목 경제, 서민 경제는 완전히 황폐화될 것입니다.

원숭이들이 사는 마을에 신발 장수가 왔습니다. 신발을 처음 보는 원숭이들은 신발을 공짜로 준다고 하니 우르르 몰려들어 한 켤레씩 받아갔습니다. 밑창이 고무여서 발바닥이 아프지 않았지요. 신발 장수는 밑창이 다 헤질 때쯤 나타나서 신발을 주고 가곤 했습니다. 그런데 어느 날, 마을에 돌아온 신발 장수는 "이제부터는 신발을 받아 가려면 도토리를 가져 와라"라고 요구했고, 신발 '덕분에' 발바닥의 굳은살이 모두 풀린 원숭이들은 어쩔 수 없이 도토리를 가져다가 신발 장수에게 주어야 했습니다.

신발 장수가 올 때마다 주어야 하는 도토리 숫자는 늘어만 갔고, 결국 원숭이들은 신발을 신고 신발 장수에게 바쳐야 할 도토리를 따러 돌아다니느라 하루를 다 쓰게 되었습니다.

'사회적 경제'가 대안이다

대기업 중심 경제 체제의 대안으로 최근 '사회적 경제'가 각광받고 있습니다. 그럼 '사회적 경제'란 무엇일까요? '사회적'이라는 말은 2인 이상의 관계성을 나타냅니다. 그래서 '공생, 협동, 공유'의 의미를 포함하고 있습니다. 즉, 기존의 경쟁과 이윤 극대화를 중심으로 한 일반적 경제 패러다임과는 달리 사람이 중심이 되어 '공생, 협동, 공유'의 가치를 지향하는 경제라고 볼 수 있습니다.

'사회적 경제'를 구성하는 조직들로는 '협동조합', '사회적 기업', '마을 기업' 등이 있습니다. 다행히 서울시에서는 사회적 경제 분야에 많은 관심을 기울이며 지원을 아끼지 않고 있습니다. 특히, '서울시 사회적 경제 지원센터'가 위치한 은평구는 사회적 경제의 메카라 할 수 있지요. 은평구의 사회적 경제 조직 중 인상 깊은 몇 곳을 소개할까 합니다.

소비에 새로운 가치를 담는 두레생활협동조합(이하 두레생협) 매장이 은평에는 불광, 구산, 응암 등 세 곳이나 있습니다. 두레생협은 그저 만들어지고 눈앞에 놓인 상품을 소비하는 것이 아니라 소비 과정에서 진정한 가치가 나온

"우리는 공정무역에 찬사를 보냅니다.
사람들이 우리의 설탕을 구매할 때 매우 행복합니다.
여러분이 공정무역제품을 구매하는 것은 우리의 삶을 향상시키도록
도와주는 것입니다."

- 말라위의 카신불라 사탕수수 협동조합원,
조이스 치보르

새로 조성된 서울시민청 지하에는 공정무역 카페가 있습니다.
저는 공정무역에 관심이 많아 공정무역의 '기본'인 말레이시아 커피 농장을
직접 방문해 현지인들은 어떻게 살아가는지
또 우리가 맛있는 커피 한 잔을 마실 수 있기까지
그분들이 얼마나 땀을 흘려야 하는지를
느끼고 왔습니다. 그동안 '과정'을 생략한 채
생각 없이 소비를 한 제가 부끄러워졌습니다.

'살림의원'은 몸에 병이 나면 찾아가는 곳이 아닙니다.

생활 속에서 건강을 실천하며 병을 예방하는 데 힘쓰는 병원입니다.

환자가 없으면 병원은 뭐 먹고 사냐고요?

마을이 건강해질수록 할일이 더 많아지는 병원이

바로 '살림의료생활동조합'에서 운영하는 '살림의원'입니다.

다는, 나아가 소비 과정을 통해 생산자와 생산물이 변화할 수 있다는 사용 가치의 중요성을 제시했습니다. 그래서 두레생협에서는 파는 물품을 '상품'이라 하지 않고 '생활재'라고 부릅니다. 상품이 지니는 교환가치 중심의 의미가 아니라, 우리의 일상생활에 필요한 진정한 생활 소비재로서의 의미가 더 중요하기 때문입니다.

살림의료생활협동조합(이하 살림의료생협)은 은평 지역에 거점을 둔 의료협동조합입니다. 지역 주민들이 의료인과 함께 건강, 의료, 생활과 관련한 문제를 공동으로 해결하고자 의료기관을 포함한 건강 관련 시설을 설립하고 운영하는 주민자치조직이지요. 누구나 조합원이 될 수 있고, 조합원이 출자금을 모아 의료기관을 설립하고 소유와 운영을 함께 하고 있습니다. 지역사회의 복지관을 찾아가 어르신에게 무료로 건강 체크를 하는 등 봉사활동도 열심히 하고 있답니다.

'협동조합'뿐 아니라 물빛 마을 수색에는 유명한 '마을 기업'이 있습니다. 바로 '물빛 마을 청국장'입니다. '물빛 마을 청국장'은 2011년 여름 수해를 입고 어려움에 처한 주민들을 돕고자 방법을 찾던 김정순 위원장님과 유경순 실장님, 박여식 고문님 등 수색동 주민자치위원님들이 자매결연 도시인 충북 제천시 수산면의 국산 콩을 가져와 청국장 담그는 과정을 직접 배우고

손발까지 꽁꽁 얼어붙는 겨울,
친구들과 얼음을 지치다 집에 들어와 몸을 녹일라치면 늘 저보다 먼저 두꺼운 이불을
뒤집어쓰고 아랫목을 차지하고 있는 무언가가 있었습니다.
고릿고릿한 냄새를 풍기는 그것은 어머니가 뜨고 있는 청국장이었습니다.
환기도 제대로 시킬 수 없었던 겨울, 온 집안을 고린내로 가득 채우고 나서야 먹을 수
있었던 청국장……
아버지는 못생긴 뚝배기 속에서 펄펄 끓는 청국장을 드시며 이렇게 말씀하시곤 하셨
습니다. "역시 뚝배기보다 장맛이야."
다행히 '물빛 마을 청국장' 때문에 더는 고릿고릿한 청국장 뜨는 냄새는 피할 수 있게
되었지만, 청국장의 맛만은 예전 어머님이 해 주시던 그 맛 그대로입니다.

익혀 탄생하게 되었습니다. 원재료인 콩은 당연히 수산면에서 가져오고, 방부제를 쓰지 않는 것은 물론 발효제를 쓰지 않고 볏짚으로 발효하는 생산 과정이 완전히 공개되어 있습니다.

지금 '물빛 마을 청국장'은 친환경 먹거리를 중간도매 없이 학교 급식에 지원하는 '이랑푸드'와 연계해 지속 가능한 마을 사업, 나아가 서울형 사회적 기업으로 커 나가고 있습니다. 또한, '물빛 마을 청국장'은 자세한 설명서와 함께 소비자에게 배달되어 수색의 이름을 널리 알리는 홍보대사이기도 합니다. 이 청국장 덕분에 수색동 주민자치위원회가 안전행정부 장관상까지 받았으니 이제는 은평을 넘어선 '전국구' 청국장이라고 해도 과언이 아닙니다.

은평의 사회적 경제 활동은 주민의 열정에 은평구와 서울시의 적극적인 지원이 결합하여 결실을 맺고 있습니다. 작년 11월에는 녹번동 옛 소방서 자리에 사회적 기업 복합매장 '스토어 36.5'가 문을 열었습니다. 사람의 36.5도 체온으로 1년 365일 사회를 따뜻하게 하라는 의미라고 생각합니다. 1층에 카페를 겸하여 매장을 운영하니깐 녹번역에 들르실 때 꼭 한번 방문해 보시기 바랍니다.

'스토어 36.5'와 더불어 현재 녹번동의 옛 국립보건원 건물에 입주해 있는 '서울시 사회적 경제 지원센터'는 은평의 자랑이자 서울시의 사회적 경제를 담당하고 있는 핵심 기관입니다. 이곳에서는 서울의 사회적 경제 조직을 파

카페를 겸하는 사회적 기업 복합매장 '스토어 36.5'.
36.5는 인간의 체온인 36.5도를 1년 365일 내내
이웃과 함께 나누자는 뜻이 담겨 있습니다.

악하여 지원하고 자원 공유를 촉진시키는 역할을 하고 있습니다. 또한 시민 교육을 통해 사회적 경제 전반에 대한 이해를 도모하고 창업에 관한 컨설팅을 수행합니다. 조만간 인근에 들어서게 될 '서울 혁신파크'와 함께 그 시너지 효과가 기대됩니다.

더불어 은평구 관내 중소 제조업체들의 제품을 브랜드화한 '파발로'가 매장에 나와 다른 사회적 경제를 통해 등장한 제품들과 함께 주민들의 사랑을 받고 있습니다.

이렇게 대기업 중심의 경제 체제를 극복하려는 노력이 있기에 골목 경제를 지킨다는 것은 단순히 재래시장과 구멍가게를 지키자는 게 아닌 사람이 중심 되는 새로운 패러다임의 경제로 바뀌는 것을 의미합니다. 더 이상 고도성장을 기약할 수 없는 21세기 한국 경제 상황에서 사회적 경제는 거스를 수 없는 대세이며, 이는 지역사회의 골목 경제도 자연스럽게 살릴 수 있는 대안이 될 것입니다.

은평, 혁신의 중심

사회적 경제의 메카 은평에 서울 혁신파크가 건립되는 것은 호흡이 잘 맞는 환상의 복식조와 같습니다. 작년 5월 7일 서울시에서 발표한 바에 따르면 녹번동 (구)국립보건원 부지 3만 3천 평에 2천3백 명 이상의 근무자가 상주하고 연 2백만 명 이상의 관람객이 방문할 서울 혁신파크를 건립하여 서울 서북권 경제에 활력을 불어넣는다는 것입니다. 이 정도의 규모라면 사실상 서울 시민경제청, 제2의 서울시청이라 해도 손색이 없을 것입니다.

서울 혁신파크는 다양한 이해와 요구를 복합적으로 수용한 종합 멀티형 공간입니다. 컨벤션 기능을 갖춘 25층짜리 비즈니스호텔인 '이노스토리텔', 어린이를 위한 '키즈피아'와 어르신을 위한 '50+플라자', 그리고 서울 혁신파크 원래의 계획에 따른 '혁신발전소', '혁신도서관', '혁신연구센터' 건립 등이 그 알맹이입니다.

또한 혁신파크는 기존 건물을 전면적으로 철거하는 방식이 아니라 상태가 양호한 건물은 수리해서 활용하는 방식을 통해 이미 입주해 있는 서울시 사회적 경제 지원센터, 청년 일자리 허브, 서울 크리에이티브랩, 마을공동체 지원센터, 인생 이모작 지원센터와 같은 기관과의 시너지 효과도 높인다는 전

은평구 주민들이 가장 관심을 갖고 있는 것 중 하나가 바로 (구)국립보건원 부지의 개발입니다. 다행히 지난해 박원순 시장님이 서울 혁신파크 개발 계획을 발표해 은평구민들의 갈등을 해소한 바 있습니다. 은평구에서 만나는 많은 주민들이 혁신파크에 대해 물어보십니다. 혁신파크는 도대체 언제 들어서냐고……. 서울 혁신파크 개발은 이전의 개발처럼 기존의 모든 흔적을 지우고 시작하는 개발이 아닙니다. 혁신파크 기능의 일부분인 사회적 경제 지원센터, 청년 일자리 허브, 인생 이모작 지원센터, 마을공동체 지원센터는 이미 활발하게 가동 중에 있습니다. 사진은 청년 일자리 허브센터 창문 카페에서 세미나를 하고 있는 청년들의 모습입니다. 서울 혁신파크는 계획이 아니라 현재 진행형입니다.

박원순 시장님의 첫 번째 '현장 시장실'은 은평 뉴타운에서 열렸습니다. 많은 주민들이 와 주셨고, 저는 은평 새길을 비롯한 은평구의 여러 현안에 대해 설명 드렸습니다. 가뜩이나 고민이 많으신데 제 설명을 듣고 표정이 심각해지시더군요.

략이 숨어 있습니다. 즉, 서울 혁신파크는 파괴한 다음 건설하는 식의 완전한 단절이 아닌 연속성을 가진 개발을 추구하는 일종의 '착한 개발' 방식으로 설립되는 것입니다.

저는 서울시의회에서 전반기에 문화체육관광위원회 활동을 마치고 현재는 도시계획관리위원회 부위원장을 맡고 있습니다. 위원회는 서울시의 도시계획 전반을 계획하고 감독하지만 그중에서도 은평은 제가 살고 있는 지역이기도 하고 도시계획에 관한 다양한 혁신과 시도가 진행되는 곳이라 애정이 각별할 수밖에 없습니다.

박원순 시장님 또한 현장 시장실을 진관동에서 처음 시작할 정도로 은평에 관심이 많습니다. 덕분에 그동안 미분양으로 골치 아팠던 은평 뉴타운을 상당 부분 '정리'할 수 있었고요.. 아무튼, 서울혁신파크와 은평 뉴타운, 한옥마을과 종합병원 설립, 그리고 수색역세권 개발 등 굵직굵직한 사업이 예정되어 있는 은평은 당분간 서울의 혁신적 도시계획이 실현되는 중심 지역이 될 것입니다.

'착한 개발'이 필요합니다

서울 혁신파크처럼 보존과 개발을 함께 진행하는 방식이 최근 화두로 떠오르고 있습니다. 늦은 감이 없진 않지만, 이것이야말로 추억거리와 생활의 편리함을 후세에게 함께 물려주는 진정한 개발, 즉 '착한 개발'이 아닐까 합니다.

그동안 은평은 어떻게 개발되었을까 곰곰이 생각해 보니, 어린시절부터 지금까지 있었던 은평구의 변화가 떠올랐습니다.

코흘리개 꼬마에게 벽돌로 만든 아담한 수색역사와 주위에 있는 거대한 철도 시설들은 무척이나 인상적이었습니다. 역 앞 광장에 모인 국군 장병들의 모습도 신기했고요. 수색역사는 1908년에 문을 연 역사가 105년이나 된 유서 깊은 건물이고, 이 역과 함께 주위에 철도 직원을 위한 관사가 건설되면서 지금의 수색동이 형성되었습니다. 수색역은 서울의 서쪽 관문으로, 근대 산업 발전의 기지로서 큰 역할을 했던 곳이자 수색 지역의 3·1만세 운동이 벌어지기도 한 역사적 장소였습니다.

하지만 해방 이후 남북이 분단되자 수색역은 서울 서부의 관문 역할보다는 전국 각지로 떠나는 열차를 정비하고 연결하는 발차 준비 장소로서의 역할을 주로 수행했습니다. 만약 우리나라가 분단국가가 아니었다면 수색은

2012년 10월, 일본 정부가 막대한 예산을 투입해 도쿄역 마루노우치 역사 건물을 100년 전 모습으로 복원했다는 신문 기사를 읽은 적이 있습니다. 그 기사를 읽으며 저는 옛 수색역사를 떠올렸습니다. 3·1운동의 현장이었으며, 영화 〈봄날은 간다〉의 촬영지이기도 했던 옛 수색역사는 이제 어르신들의 아련한 기억과 빛바랜 사진 속에서나 볼 수 있게 되었습니다.

철거 당시 구의원이었던 저는 철거를 막아보려 애를 썼지만 코레일 입장에서 작은 벽돌 역사 하나는 아무것도 아니었습니다. 그나마 자료를 철저하게 보존하게 했습니다. 나중에 수색역세권 개발이 이루어지면 복원하거나 최소한 모형이라도 만드는 것이 제 작은 꿈입니다.

백여 년의 세월을 지켜 온 수색역 광장의 가중나무……. 백여 년의 세월 동안 만나고
헤어진 벗이 한둘이 아니었겠지만 옛 수색역사와의 이별은 하나가 아닌 두 그루의 가
중나무가 있었기에 이겨낼 수 있지 않았을까요? 두 그루 가중나무는 그 자체로 마을
사람들이 도란도란 이야기를 나누는 사랑방 역할을 했는데, 백여 년 세월 동안 한자리
에서 얼마나 많은 이야기를 들었을까요?

어떤 모습이었을까요?

사실 우리나라의 전통적인 중심축은 서울 - 개성 - 평양이었습니다. 그러니 통일된 나라였다면 은평, 고양, 파주 쪽이 훨씬 먼저 개발되었을 겁니다. 특히 수색은 주위가 평지이니 적어도 영등포역 정도로 번화하지 않았을까요?

국민의 정부와 참여 정부 시절, 잠시나마 은평 일대 부동산 가격이 들썩인 적이 있었습니다. 통일 내지 남북 화해에 이은 경제협력에 대한 기대 때문이 었지요. 그래서 수색역을 보면 김대중 전 대통령님 생각을 할 때가 많습니다.

2005년, 경의선 전철화와 함께 기존의 수색역사가 철거되고 현재 모습의 수색역사가 세워졌습니다. 같은 경의선의 신촌역사가 잘 보존되어 있는 모습을 볼 때마다 철거된 수색역사에 대한 아쉬움이 많이 남습니다.

수색철교는 이렇다 할 높은 건물이 없는 수색 일대에서는 바로 눈에 띄는 '랜드마크'로, 버스정류장 이름도 '구름다리'일 정도였습니다. 하지만 너무 좁고 낡아 1993년에 통행이 금지되었고 1995년에는 철거되고 말았습니다. 그때는 저도 참 아쉬웠는데 어르신들은 더하셨겠지요⋯⋯. 그 자리에 세워 진 다리가 바로 현재의 수색교입니다. 이 다리를 지날 때 옛 구름다리 생각을 하곤 하는데, 상부 트러스라도 남겨 두었더라면 하는 아쉬움이 남습니다.

하지만 산업화와 개발 열풍 속에서도 사라지지 않고 옛 정취를 풍기는 은

2009년 노무현 대통령 장례식이 열리는 시청 앞 광장에서 수많은 시민들과 함께 있을 때, 권양숙 여사님의 손을 잡은 채 오열하며 무너지는 김대중 대통령의 모습을 보는 순간 거의 시간이 멈춘 것 같았습니다. 여든 중반의 연세에다 중병에 시달리는 분이 저런 모습을 보이다니…… 믿을 수 없었습니다. 그분이 얼마나 인간적이고 민주주의를 사랑했던 분인지 정말 가슴으로 알게 되었습니다. 그리고 석 달을 넘기지 못하고 그분마저 우리 곁을 떠나셨습니다. 동교동이 멀지도 않은데 살아계실 때 한번 찾아뵙지 못한 것이 너무 아쉬웠고, 든 자리는 몰라도 난 자리는 안다는 말이 참 실감이 났습니다.

수색역사처럼 아쉽게 사라진 추억이 하나 더 있습니다. 바로 '수색철교'입니다.
'구름다리'란 애칭으로 불린 '수색철교'는 사진처럼 물 위에 놓인 다리가 아니고
수색 역 근처의 폭 넓은 철길을 건너기 위해 1965년에 놓인 다리였습니다.
구름다리란 땅을 밟지 않아도 지나갈 수 있다는 뜻이기도 하고
한강 철교에서 뜯어온 상부 트러스가 둥글어서 붙은 애칭이었지요.

평의 '명물'도 있습니다.

열 평이 조금 안 되는 '형제 대장간'에 가 보면 온갖 철물들이 가득합니다. 예전에는 농기구 제작이 주 업무였지만 지금은 건축이나 조경업체, 특히 방송국의 역사드라마에서 필요한 철물 제작이 많이 들어온다고 하니 대장간 역시 시대의 변화를 탈 수밖에 없다는 생각이 듭니다. 건너편에 방송국들이 들어왔으니 더 많은 주문이 오겠지요. 생각만 해도 흐뭇해집니다. 사실 두 형제분은 지역사회에서 주민자치위원으로 활동하시며 농기구 등을 지역사회에 기부하는 등 좋은 일을 많이 하신답니다.

대장간이 수색동의 명물이라면 막걸리 공장은 증산동, 아니 은평구 전체의 명물입니다. 술을 즐기지는 않지만 막걸리라는 단어는 어감도 그렇고 가격도 그렇고 참 정겹고 착한 우리말이 아닐 수 없습니다.

막걸리의 대표 브랜드 중 하나인 '장수 막걸리'와 '월매 막걸리'를 이곳에서 생산합니다. 공장의 정식 명칭은 '서울탁주제조협회 서부연합제조장'입니다. 법인은 1962년 조합 형태로 설립되었는데, 증산동 공장은 1977년에 세워졌습니다. 넓은 터가 있기도 했지만 이곳의 물이 가장 맛있어서 자리를 잡았다고 하네요. 물론 당시만 해도 주위에 주택은 많지 않았습니다. 불우이웃돕기나 경로잔치, 축제 등 증산동의 행사가 있으면 병도 아닌 주전자나 큰 통에 막걸리를 가득 채워 보내 주는 참 고마운 회사입니다.

수색에는 시골에서도 보기 힘든 대장간이 놀랍게도 몇 군데나 있고,
그중에서도 제 수색초등학교 선배이기도 한 유상준, 유상남 형제가 운영하는
'형제 대장간'은 우여곡절은 있었지만 아직도 건재를 자랑하는
특별한 대장간입니다.

막걸리 공장의 긴 담벼락은 선거 공보물을 붙이기에도 안성맞춤인 공간이지만, 아침이 되면 각종 광고 선전물은 물론이고 잃어버린 가족이나 개와 고양이 같은 반려 동물을 찾는다는 벽보들이 담벼락을 가득 채웁니다. 물론 환경미화원 분들이 떼어 내지만 여기저기 남아 있는 청테이프 조각은 묘한 기분을 느끼게 합니다. 어쩌면 저의 코는 이곳의 막걸리 냄새에, 눈은 이 담벼락에 길들여져 있는지도 모릅니다. 이 정도로 긴 담장이 있는 동네가 서울에서 과연 몇 군데나 될까요?

이러한 지역 공헌도 공헌이지만 공장의 긴 담벼락 자체가 저에게는 참 소중한 공간입니다. 지방선거의 경우 후보가 많아 벽보 붙이기가 쉽지 않은데, 이 긴 담은 그야말로 안성맞춤이지요. 더구나 증산역이 바로 옆에 있어서 유동인구가 많으니 금상첨화입니다. 흐린 날 아침, 이곳을 지나면 밥 익는 고소한 냄새가 스쳐갑니다. 그때마다 서울시의회에서 제 옆 사무실을 쓰는 멋진 동료인 강희용 시의원이 쓴 〈냄새, 그 익숙함〉이란 시가 생각납니다.

맡을수록 사라지는 것이 냄새
바라볼수록 볼 수 없는 것이 마음
사랑할수록 헤어지는 것이 연인
살아갈수록 죽어가는 것이 인생

다시,
맡을수록 익숙해지는 것이 냄새

익숙하다고 사라진 것은 아니라는
헤어졌다고 잊은 것은 아니라는

강희용 의원의 시집 《봄은 내게 겨울외투를 권했다》 출판기념회 사회를 맡았었는데, 그래서인지 익숙한 냄새를 맡을 때마다 이 시가 생각나네요. 이 익숙한 냄새를 풍기는 정겨운 공장이 다행히 뉴타운 구역에서 벗어나기는 했지만 조만간 공장을 서울 외곽으로 옮길 계획이 있다고 하네요. 계속 증산동에 남아 주기를 바라는 마음은 저 혼자만의 욕심일까요?

생각해 보면 이런 변화 속에 예외가 있기는 하지만 추억의 장소는 대부분 파괴되고 말았습니다. 사실 보존이 불가능한 것도 아니었는데 말입니다. 앞으로는 개발이 이루어지더라도 마을의 문화와 전통이 단절되지 않고 연속성을 가지는 '착한 개발'이 되어야 하지 않을까요? 제가 생각하는 특별시의 모습은 추억과 편리함이 함께하는 그런 모습입니다.

Chapter 5.

두 얼굴을 가진 교통

좁고 가파른 지형을 극복하기 위한 노력

은평구 대부분의 지역이 산이 많고 길이 좁기는 하지만, 신사동은 그중에서도 유난히 가파르고 길이 좁은 마을입니다. 따라서 주민들의 불편이 이만저만이 아니지요. 사실 교통 문제라고 하면 지하철이나 넓은 도로 등 거창한 것들을 생각하는 분들이 많습니다. 하지만 교통의 가장 기본은 두 다리가 걸리는 것 없이 잘 걸을 수 있고, 휠체어를 타는 장애인들이 잘 다닐 수 있는 환경이 아닐까요?

저는 은평구의원 시절 워낙 잘 걸어서 돌아다닌다고 하여 '뚜벅이 구의원'이라는 별명까지 붙었습니다. 그러다 보니 곳곳에서 잘못 만들어진 시설과 환경을 자주 접하곤 했지요. 관청에서 행정을 하다 보면 의욕이 앞선 나머지 보행에 불편을 주면서까지 설치하는 경우가 종종 있습니다. 지역을 10년간 누비면서 많이 개선했지만 여전히 눈에 띄는 곳이 적지 않더군요.

교통 문제를 다루다 보면 모순에 빠질 때가 많습니다. 사실 서울시민 1인당 자동차 보유대수가 프랑스의 파리보다도 많은데, 그러다 보니 미세먼지 발생, 건강 악화, 에너지 낭비, 지역 상권 쇠퇴 등 많은 부작용이 생깁니다. 하

신사동의 덕산중학교 앞길 사진입니다. 전신주에 덕산중학교 입구라는 이정표가 있음에도 아이들이 지나다니는 인도 한가운데 어이없게도 교통시설물이 주인 노릇을 하고 있습니다. 보다시피 일반인도 통행이 불편하고 휠체어를 탄 장애인은 아예 지나갈 엄두도 낼 수 없어 위험을 무릅쓰고 차도로 가야 합니다. 만약 사고가 난다면 누구의 책임일까요? 더구나 공사 중인 고양—은평 간 터널이 완공되면 훨씬 더 많은 차들이 다니게 될 텐데 정말 걱정이 큽니다.

어느 아파트 단지의 주차장인데 도저히 주차할 수 없는 구획선을 그려놓았습니다. 교통 문제에 대해선 민간과 공공이 함께 노력해야 한다는 것을 잘 보여 주는 사진이 아닐까 합니다.

대한민국의 교통 정책과 주차 문제는

차를 가진 전 국민을 주차의 달인으로 만들어 놓았습니다.

거리에서 가장 많이 만날 수

있는 네 글자는 바로

'주차금지'가 아닐까요?

무엇에 쓰는 물건일꼬? 이걸 누가, 왜, 어떻게 만들었을까요? 주차가 힘든 상가 지역에서 자주 볼 수 있는 물건입니다. 만약에 대한민국에 주차 문제가 사라진다면 우리의 후손들은 이 물건을 보고 무슨 생각을 할까요?

작년 10월 8일, 기공식 때 그때까지의 고민과 걱정을 모두 묻어버리는 기분이 들 정도로 기뻤습니다. 공사가 끝나는 7월이면 마을의 숙원 사업인 주차장, 마을회관, 텃밭, 놀이터 그리고 운동 시설까지 모두 갖추어지게 됩니다. 더구나 주차장 위에는 자연학습장과 공원까지 들어서지요. 지금까지 좁은 공간에서 힘겹게 공부했던 상신초등학교 학생들의 꿈동산이 되지 않을까요?

지만 자동차가 많은 서울의 현실에서 주차 문제를 해결하기 위해선 주차장도 많이 필요합니다. 이래저래 참 고민이 아닐 수 없지요.

그중에서도 신사동 산새 마을의 주차장은 예전부터 반드시 필요한 기반시설이었습니다. 하지만 공공용지 하나 없는 산새 마을에 106대 규모의 주차장을 마련하기까지는 어려운 과정을 거쳐야만 했습니다. 앞의 두 사진을 보시면 산새 마을의 주차 문제가 어느 정도로 심각한지 실감하실 겁니다.

산새 마을의 마을 만들기가 알려지면서 서울시의회와 은평구청의 노력으로 주차장 건립을 위한 예산은 확보되었지만, 주차장을 만들 적당한 부지가 없었습니다. 처음에는 상신초등학교 운동장 지하에 건설하는 안이 나왔지만, 학생들의 안전 문제 때문에 폐기되었습니다.

다음 후보지는 무려 30톤이나 되는 쓰레기를 치우고 만든 텃밭 부지였습니다. 마을 주민들이 한 달 넘게 힘들여 만들어 놓은 텃밭을 주차장으로 바꾸는 데에 대한 반감도 있었고 텃밭이 너무 깊숙한 곳에 있어서 채택되지 않았습니다.

마지막 후보지가 지금의 건립 부지였습니다. 물론 많은 우여곡절이 있었습니다. 두 번의 유보 결정 끝에 관계자 분들의 현장 점검과 주민들의 자발적인 약속으로 현 부지에 주차장 건립 승인을 받게 되었습니다. 작년 10월 8일 기공식 때 정말 기분이 좋았습니다. 주차장 공사가 끝나는 7월쯤이면 마을의 숙원 사업인 주차장, 마을회관, 텃밭, 놀이터, 그리고 운동 시설까지 모두 갖추어지게 됩니다. 더구나 주차장 위에는 자연학습장과 공원까지 들어설 계획이라 좁은 공간에서 공부하는 상신초등학교 학생들의 꿈동산이 될 것입니다.

하지만 아무리 좋은 시설을 만들어도 비탈길을 오르내리지 못하는 어르신들에게는 아무 소용이 없습니다. 그래서 산새 마을과 숭실고·새절역을 잇는 마을버스 개통을 위해 주민들, 관련 부처와 많은 이야기를 나누며 노력하고 있지만 여러 가지 문제로 아직 확정되지는 않았습니다. 하루빨리 주차장이 만들어지고 마을버스가 개통되어 어르신과 학생들이 편하게 이용하는 기분 좋은 상상을 해 봅니다.

신사동 하면 가파른 고개를 연상하는 분들이 많습니다. 거의 40도는 됨직한 이 고개는 눈으로 보아도 아찔할 정도이니 폭설이라도 내리면 정말 사고 걱정을 안 하려야 안 할 수가 없는 곳입니다. 지나친 경사 때문에 제설 작업 자체가 어려워서 눈이 오면 아예 교통을 통제해야 할 정도입니다.

우리나라에서 최초로 도로에 열선이 설치된 곳은 태평로 삼성 본관과 삼성생명 사이 길이랍니다. 삼성 그룹에서 자체적으로 설치했다는데 알아보니 서초구 서래 마을에도 이런 도로 열선이 깔려 있더군요. 신사동 고개도 올해 안에 열선 설치가 완료된다고 합니다. 이제 눈길 걱정은 크게 안 하셔도 될 것 같네요.

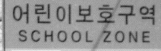

어린이보호구역
SCHOOL ZONE

30 여기부터
속도를 줄이시오

사진으로 보면 제대로 못 느낄 수도 있겠지만,

실제로 신사동 고개를 넘다 보면 어마어마한 경사 때문에 현기증이 날 정도입니다.

'지킬 박사와 하이드' 같은 도로와 철도

앞서 말씀드렸지만 덕산중학교 앞 산속에서는 현재 신사동에서 고양시로 연결되는 터널 공사가 한창입니다. 이 터널은 일산 가좌·대화 지구 및 파주 운정·교하 지구 등의 개발에 따른 교통 수요 증가에 대비하고, 교통 체증이 심한 자유로와 수색로의 교통량을 분산시켜 강북 지역의 열악한 교통 환경을 개선하기 위해 왕복 4차선으로 실시하는 공사입니다.

하지만, 도로를 낸다는 것은 말 그대로 '지킬 박사와 하이드' 같은 양면성이 있습니다. 도로가 개설되면 주행 거리를 단축시켜 차들이 빠르고 편하게 운행할 수 있지만, 인근 지역은 소음과 매연이 늘어나고 사고의 위험도 높아지며 상권도 변화되어 자칫 잘못하면 주민들에게는 애물단지가 되기 십상입니다. 문제는 고양시민들은 빠르고 편하게 이동할 수 있어서 혜택을 보지만 은평구민, 특히 신사동 주민들은 피해를 본다는 것이지요. 하지만 광역 교통체계에서 내 것만 주장할 수는 없습니다. 터널 일대는 주차공간이 거의 없어서 평소 주차 문제가 큰 골칫거리인 지역이기 때문에 터널로 인한 피해의 보상으로 주변 공간을 이용하여 주차장을 만들려고 뛰어다니고 있습니다. 서울시 공원 심의가 가장 큰 문제이고 상당한 예산도 확보해야 합니다. 주민들

산을 뚫고 도로를 낸다는 것은 광역 단위의 교통 흐름을 위해 어찌할 수 없는 부분도 있겠지만, 그 근처에 사는 누군가는 행복을 추구해야 할 권리를 심각하게 침해당하고 있습니다. 이것이 교통 시설이 가지고 있는 두 얼굴입니다.

의 힘이 필요하니 많이 도와주시기 바랍니다.

수색로 또한 도로의 양면성을 나타내는 대표적인 도로입니다. 수색이라는 이름이 붙었고 은평구에서 가장 넓고 중요한 간선도로지만 정작 은평구민과 수색 주민들에게는 빠르고 편리한 길만은 아니지요. 고양과 파주에서 서울의 중심지로 오고가는 차량들이 많아 출퇴근 시간에는 연세대 앞까지 시속 10km 안팎의 정체가 계속 이어집니다. 정작 은평 주민들의 차량은 얼마 되지도 않는데 말입니다.

앞으로 고양 일대에 보금자리 주택이 들어서고 수색과 상암 개발이 더 이루어진다면 정체는 한층 심각해지지 않을까 걱정이 앞섭니다. 더욱이 버스 중앙차선 때문에 수색역 쪽과 반대쪽으로 이동하는 경우 불편함이 이만저만한 것이 아닙니다. 정확하게 말하면 수색 소방서 앞 유턴 문제인데, 탁상행정으로 인해 10년이 넘도록 해결이 되지 않고 있습니다.

이런 불편함을 개선하기 위해 서울시의회에서 집중적으로 문제점을 지적하고 대책을 요구하였더니, 서울시에서는 중앙 정부와 협의하여 제2자유로 입체화를 포함한 서울 서북권 광역 교통 대책을 세운다는 내용의 답변을 전해 왔습니다. 앞으로 꾸준하게 관심을 갖고 주시하며 주민의 의견을 반영할 생각입니다.

수색동과 상암동을 연결하는 일명 '토끼굴'입니다. 이 굴을 토끼가 아닌 사람이 다니
는 길로 바꾸고 싶습니다. 철도가 수색을 통과하여 서울 도심과 고양, 파주, 문산을 신
속하게 잇는 교통의 신기원을 만들었습니다. 수색을 경유하는 도시고속버스들이 중앙
차선을 질주하며 바쁜 현대인의 출퇴근 시간을 단축시켜 주었습니다. 하지만 수색 주
민들이 눈앞의 상암동을 오가기란 이만저만 불편한 게 아닙니다. 또, 수색동과 상암동
의 단절은 수색 지역의 쇠락을 가져왔습니다. 이렇듯 도로의 양면성을 그대로 경험할
수 있는 곳이 바로 수색입니다. 이렇게 보면, 토끼굴은 수색과 상암을 잇는 유일하고
아슬아슬한 연결 고리입니다.
이 소중한 토끼굴이 새로운 꿈을 꾸는 청년들의 이동 통로이자 수색과 상암이 어우러
지는 문화 교류의 통로로 기능하기를 희망해 봅니다.

도로뿐만 아니라 철도는 태생적으로 양면성이 더욱 뚜렷합니다. 철도는 도로처럼 밀리지도 않고 역만 가까이 있으면 이용이 편리하여 역 주위에는 자연스럽게 상권이 발달합니다. 하지만 어쩔 수 없이 감수해야 하는 소음 문제는 그렇다고 치더라도 철길 양쪽은 생활권이 분리되며, 일부 지역은 철도로 인해 사각지대가 되어 더 낙후되는 '하이드 씨'의 얼굴을 지니게 됩니다.

수색동과 상암동을 연결하는 토끼굴은 그 단면을 얘기해 줍니다. 토끼굴 이야기는 앞에서도 했지만 철길을 건너 같은 학교를 다녔던 은평구와 마포구의 주민들이 다시 편하게 왕래하는 길이 되었으면 합니다. 이런 기억 때문에 부족하나마 수색동과 상암동을 연결하는 토끼굴에 변화를 주고 싶었습니다. 양쪽의 단절을 극복하려면 단순히 하드웨어적 개념으로만 접근해서는 불가능하다는 생각이 들어서지요. 지금은 공청회를 통해 주민들의 현실적 필요와 전문가들의 견해를 조화시킨 최선의 대안을 준비하고 있습니다.

개발과 복지를 함께 고려해야 하는 교통 문제

수색 복합 환승센터 건립을 비롯한 수색역세권 개발은 철도로 인해 단절된 수색과 상암 지역을 하나로 연결하여 교통 문제 해결뿐 아니라 지역 경제 활성화까지 기대할 수 있는 큰 사업입니다.

2000년대 들어 상암동은 눈부시게 발전했지만 건너편 수색은 더 그늘이 드리워졌습니다. 사실 DMC역은 행정구역상 수색에 있는데도 말입니다. 2010년 시범사업이 실패하자 조금이라도 도움이 되기 위해 저는 문화체육관광위원회에서 도시계획관리위원회로 상임위를 옮겼습니다. 시정 질문을 통해 박원순 시장께 수색역세권 개발 TF팀과 보건원 부지 개발 TF팀 구성을 요구해 둘 다 구성되었으며, 저도 두 TF팀에 참여하고 있습니다. 둘 다 가시적인 성과까지 나오게 되어 정말 다행입니다.

작년 11월에 서울시와 코레일, 서울도시철도공사가 수색역사를 중심으로 한 이 일대 5만 평에 대한 개발 가이드라인에 합의하는 기쁜 소식을 전해 주었습니다. 이 사업의 핵심은 철로로 끊긴 수색과 상암을 하나로 연결하는 것입니다. 그 다음에는 수색역과 DMC역으로 이어지는 간선도로를 늘리고, 장기적으로는 경의선을 지하화하는 것이지요.

수색역세권은 경의선과 공항철도, 지하철 6호선이 만나는 교통의 요지입니다.
수색역세권 개발은 수색 주민들의 민원이나 염원을 넘어
통일 시대, 국제화 시대를 준비하기 위한 필수 과제입니다.
이런 저의 생각에 박원순 시장님과 이미경 의원님도 크게 공감해 주셨습니다.

가와구치는 우리나라로 치면 경기도 북부에 해당하는
사이타마 현에 있는 도시입니다. 가와구치 역사 안에는 보육원, 미디어 관련 시설,
중앙도서관, 행정타운, 시민홀 등이 밀집해 있습니다.
사람들의 발길이 가장 편하게 닿을 수 있는 전철역사 위에
사람들에게 가장 필요한 시설을 지은 것입니다.
경의선과 공항철도, 6호선이 만나는 수색역사 위에
이러한 시설들이 들어서면 어떨까요?

현재로서는 DMC역세권, 수색역세권, DMC 지원 1권역과 2권역 등 4개 권역으로 구분해 개발하는 안이 유력합니다. DMC역세권에는 상업 기능과 부족한 주민 편의 시설을 조성하고, 수색역세권에는 호텔과 컨벤션센터 등의 국제 업무 시설을 건립하게 됩니다. 이와 함께 DMC 지원 1권역에는 중소 업무 시설과 창업 보육 기능 시설을 유치하고, 2권역은 경의선 지하화에 대비해 녹지로 유지하는 안을 추진 중입니다.

당연하지만 이 사업은 수색 주민뿐 아니라 구민 모두의 숙원 사업이기에 크게 환영받고 있습니다. 그동안 수색역세권 개발을 위한 간담회를 박원순 서울시장님을 비롯한 많은 분들을 모시고 현장과 코레일에서 여러 차례 개최했습니다. 그 노력의 결과가 이제 드러나는 것 같아 가슴이 벅차오릅니다.

이미 이야기했지만 도로와 철도가 지니는 양면성 때문에 어쩔 수 없이 지하철이 현재로서는 교통 문제 해결을 위한 최선의 대안이 될 수밖에 없습니다. 은평구를 통과하는 지하철과 전철 노선은 모두 3개입니다. 강남과 도심권을 오가기엔 편리하지만 서울 서남권을 갈 때는 불편함이 많지요. 하지만 작년 7월 서울시에서 서울대 입구에서 새절역에 이르는 경전철 계획안을 발표했습니다. 김해와 용인, 의정부의 경전철 실패 사례 때문에 걱정하시는 분들이 많지만 인구가 밀집된 서울에서는 성공하리라 확신합니다.

작년 서울시에서 발표한 '도시철도 종합발전안'에는 경전철뿐만 아니라 은평에서 강남까지 지하로 연결하는 신분당선 연장 계획도 포함되었습니다.

새로 확정된
서울 경전철 노선

우이~신설 연장

페지
DMC 순환선

우이~신설
경전철
(공사중)

동북선

면목선

목동선

서부선

신림선

서 울 시

경전철은 은평구의 새절역까지 연결되어 6호선과 환승이 가능합니다. 또한, 철도와
달리 지하 또는 지상 모노레일 형태로 운행하기 때문에 지역의 단절 없이 상권이 발
달하게 됩니다. 새절역에서 여의도나 서울대학교로 경전철을 타고 가는 시민들을 상
상하기만 해도 기분이 좋아집니다.

이 사진은 정들었던, 그리고 많은 일을 했던 문화체육관광위원회를 떠나 도시계획관리위원회로 옮긴 2012년 7월 남산 위에 올라가서 서울시를 내려다보며 찍은 것입니다. 자연과 인공이 섞여 있는 거대 도시 서울을 어떻게 만들고 어떻게 관리해야 할 것인지 고민했습니다. 저장되어 있는 사진을 다시 보며 초심으로 돌아가 후세에 부끄럽지 않은 서울을 남겨 주어야 한다는 각오를 다집니다.

만약 이 노선이 완공된다면 광화문까지 15분, 강남역까지는 30분이면 갈 수 있게 됩니다.

지난 1월 18일, 은평구 진관동 주민센터에서 주민들의 건의사항을 듣는 〈은평 뉴타운 주민과 원순 씨의 민원데이트〉 자리에서 박원순 시장님이 지하철 6호선 과 신분당선을 연장해 은평 뉴타운을 통과시키는 사업을 적극 추진하겠다고 밝히셨습니다. 바야흐로 은평에 철도 르네상스가 시작된 것이지요.

작년 연말, 서울시의회에서는 은평 새길을 만들기 위한 예산 200억 원을 통과시켰습니다. 은평구민의 숙원사업이기도 한 은평 새길은 일부 환경단체 회원과 종로 주민들이 반대하고 있지만, 박원순 시장님도 찬성할 정도로 은 평 뉴타운과 고양 삼송-지축 지구의 교통량 증가에 따른 현실적 해결 방안 이 없기에 필수 불가결한 사업입니다. 예산 확보에 같이 노력해 주신 이강무, 이순자, 정희석 세 의원님께 이 자리를 빌려 다시 한 번 감사드립니다.

교통 문제를 이야기하다 보면 택시 문제 때문에 마음 한구석이 불편해집 니다. 경기 불황과 올빼미 버스 운행 등으로 택시회사와 기사님들이 많이 힘 들어하시기 때문이지요. 은평구에는 택시회사가 많습니다. 제 지역구만 보아 도 수색동에는 안정운수가 있고, 증산동에는 동고택시와 유풍상운·경부교 통·신성택시·원동교통·경신운수·승진기업이, 신사동에는 삼환운수·금 성운수·우남교통·상경운수가 있습니다. 그러니 자연스럽게 택시 기사님들도 지역구에 많이 사시지요.

택시운전은 피곤하기는 하지만 운동 부족에 시달리기 쉬운 직업이기도 합니다. 그래서 기사님들이 조기 축구회에 많이 가입하셔서 땀을 흘리고 몸을 푸십니다. 운동장 확보 정도 외에는 큰 도움을 못 드려 늘 죄송하기만 합니다. 재작년에 성산 지역아동센터에 다녔던 이강현 군이 증산초등학교 6학년 재학 당시 쓴 〈신나게 달리는 택시〉라는 동시로 저의 마음을 전합니다.

신나게 택시가 달리면
기분이 좋아
편하게 손님을 태우고
가는 곳에 빠르게
데려다 줄 수 있어

시간이 가면
택시비도 점점 많아져
손님이 인사를 하면
뿌듯하지

또 다른 손님을 향해

신나게 달리는 택시가

나는 좋아

　이처럼 신나게 택시가 달릴 수 있다면 얼마나 좋을까요? 택시 기사님들은
은평 경제의 기둥이십니다. 힘내시고 운동도 열심히 하셔서 늘 건강하시기
바랍니다.

　교통 문제는 쾌적한 인도 건설부터 몇 천억 원의 건설비가 드는 신분당선
에 이르기까지 정말 복잡한 문제입니다. 또한, 인간에게 가져다주는 편리함
만큼 공해와 소음, 단절과 소외 등 많은 문제도 함께 야기합니다. 물론 그 과
정에서 발생하는 보상 문제나 사회적 갈등도 풀어야 할 과제이지요.
　결론적으로 교통 문제 역시 개발과 복지, 두 가지 측면에서 검토되어야 합
니다. 교통 인프라가 확충되면서 어느 한 부분이 단절되거나 소외되지 않고
골고루 지역 경제 활성화에 기여하는지, 공해와 소음으로 인한 2차적 문제가
발생되지는 않는지 확인해야 합니다.
　또한, 취약 주거지역의 교통 환경이 얼마나 잘 정비되어 있는지, 안전하고

편리하게 교통 약자가 이용할 수 있는지 고민해야 합니다. 교통은 헌법에서 보장하는 "모든 국민은 거주·이전의 자유를 가진다"라는 권리를 실질적으로 가능하게 하는 가장 기본적인 인프라이기 때문입니다. 그것이 바로 제가 추구하는 '교통 특별시'의 모습입니다.

Chapter 6

선택이 아닌 필수, 마을 공동체

세 마을 이야기

다른 지역 분들과 신사동을 이야기하면 늘 마음 한구석이 불편해질 때가 있습니다. 대부분의 사람들이 신사동 하면 강남구 신사동을 먼저 생각하기에 늘 은평구 신사동이라고 '토'를 달아야 하기 때문이지요. 사실 술을 드시고 택시를 타신 주민 분들이 잠들었다 깨 보면 차가 엉뚱하게 강남구 신사동에 있어서 기사님과 싸웠다는 이야기도 종종 듣습니다.

역 이름조차 강남구 신사역과 겹친다고 '신사'를 쓰지 못하고 '새절'이라는 순우리말을 써야 하지요. 물론 순우리말을 쓰는 것 자체는 좋은 일이지만, 많은 사람들이 강남에 살고 싶어 하니 밀렸다는 느낌이 드는 것은 어쩔 수 없습니다. 하지만 언젠가는 우리 신사동이 먼저 연상되는 날을 위해 정말 열심히 뛰어야겠다는 오기도 생기곤 했지요.

그런데 요즘은 신사동 산새 마을이 영화의 무대도 되고 방송에도 많이 나올 정도로 꽤 유명해졌습니다. 봉산 아래 자리 잡은 1만 5천 평의 산새 마을은 원래 새가 많이 찾아와 붙여진 이름이지만, 20년 이상 된 저층 건물이 80% 이상을 차지하고 녹지가 부족한데다가 마을버스조차 다니기 힘든 도로 상황 때문에 쓰레기 수거도 늦어져 주거 환경이 아주 나빴습니다. 그래서

마을 구석구석이 아이들의 놀이터였던 적이 있었습니다. 땅에 금을 그어 사방치기를 하고, 내 땅도 네 땅도 아닌데 친구들과 땅따먹기를 하고, 땅거미가 져 칠흑 같은 어둠이 온 마을을 뒤덮어도 술래의 "못 찾겠다 꾀꼬리"라는 말을 듣기 전까지는 담벼락 뒤나 나무 뒤에 숨어 나올 생각을 하지 않았습니다. 하지만 정작 어른이 된 아이들은 낡고 불편하다는 이유로 자신의 추억을 고스란히 간직하고 있는 마을의 흔적을 지우려고 했습니다. 이제 우리들이 나서서 마을을 지켜줄 차례입니다.

2001년부터 재개발을 추진했지만 사업성이 떨어진다는 이유로 건설업체들이 모두 외면하고 말았지요.

하지만 주민들은 무작정 재개발을 기다리기보다는 직접 마을을 가꾸기로 결정하고 전면 철거를 하고 아파트를 올리는 기존의 재개발 방식이 아닌 주민 공동체와 마을 역사를 보존하면서 기존 주택을 개수하고 보수하는 방식의 재정비를 택했습니다. 은평구청에서는 산새 마을을 '두꺼비하우징 시범지역'으로 선정했고, 주거환경 실태조사를 실시하여 불편 사항과 개선점을 기록한 마을 지도를 만들었습니다.

2011년부터 사업이 본격적으로 시작되어 노후 주택에 대해 창문, 단열, 양변기, 싱크대 교체 사업을 실시했고, 도로와 보도를 정비하고 나무 화단을 집집마다 설치했습니다. 또한 인근 대안학교 학생들과 은평미술협회 회원들이 마을 전역에 벽화를 그렸습니다.

하지만 은평구의 예산으로는 역부족이었기에 저는 서울시의 지원을 받을 수 있도록 물불 안 가리고 열심히 뛰었습니다. 이런 노력으로 외부 환경이 눈에 띄게 변화하자 산새 마을 주민들 역시 단계별로 임시 주민협의체-주민협의체-사업추진협의체-주민공동협의체의 순으로 자치조직을 키웠고 마을학교와 공방, 텃밭관리위원회, 마을 지킴이 같은 활동으로 내실도 채워갔습니다.

이제는 주민 운영위원회를 중심으로 협정을 체결하고 협동조합을 설립해 마을의 특성을 잘 아는 주민들이 치안 유지나 청소년 계도 등 스스로 마을을

배춧잎 속에 핀 배추꽃을 보신 적이 있나요?
김장 봉사를 하기 전 배추를 씻으면서
엉뚱하게도 배추가 꽃 같다는 생각을 했습니다.
꽃은 냄새로 사람의 마음을 미혹할 뿐이지만
배추는 김치가 되어 동지섣달 기나긴 겨울 밥상을 아무런 불평 없이 지켜줍니다.
단언컨대 배추는 그 어떤 꽃보다도 아름답습니다.

천막동은 지금의 대림 한숲타운 아파트가 위치한 은평터널로 부근에 있었습니다. 천막동의 시작은 박정희 정권 때였습니다. 당시 정부는 도심의 무허가 주택에 사는 빈민들을 서울 외곽 지역으로 집단 이주시키는 계획을 세운 뒤 실행에 옮겼습니다. 하지만 말 그대로 땅만 주었을 뿐 지원은 거의 없었기에 주민들이 직접 천막을 치고 흙을 퍼다 벽돌을 구워서 천막 안에 집을 짓고 살기 시작했답니다. 물론 전기나 수도는 생각조차 할 수 없었지요. 하지만 그분들은 놀라운 생존력으로 그곳에서 살아남았습니다. 제가 수색에 처음 이사 왔을 때 천막동을 보고 깜짝 놀란 기억이 생생합니다. 1978년부터 조금씩 철거가 시작되었고 천막은 점점 흙벽돌집이나 판잣집으로 바뀌어 갔습니다. 지금은 그 자리에 아파트가 들어섰으니 강남 수준은 아니더라도 이곳도 상전벽해를 이룬 셈입니다.

관리해 나가고 있습니다. 정말 새(鳥) 마을이자 새(新) 마을이 된 것이지요.

여러 번 방송을 타니 관광객들과 견학차 방문하는 외부인들도 많아져 그분들을 상대로 수제 수세미와 친환경 곡물비누까지 만들어 팔고 있습니다. 수익금은 양로원 등 마을의 필요한 곳에 쓰이고 있습니다. 김장철이 되면 아예 길을 막아버리고 온 마을 주민들이 함께 김장을 하는 모습은 서울의 다른 곳에서는 정말 보기 힘든 풍경입니다. 늘 앞장서시는 최복순 회장님과 부녀 회원님들! 감사합니다! 힘내세요!!

산새 마을을 지역구로 둔 시의원으로서 수도 없이 산새 마을을 찾다 보니 천막동과 흔히 '향동 마을'이라 불리는 수색동 28통 두 마을이 생각났습니다.

천막동의 흔적은 아직도 아파트 뒤에 몇 채가 남아 고단했지만 강인했던 그분들의 삶을 증언하고 있습니다. 천막동 주민들 역시 수색, 증산, 신사동 일대로 이주하였지만 40년 전부터 친목계를 만들어 자주 모여 끈끈한 정을 나누고 계시지요.

수색동 28통 또는 293번지 일대를 속칭 '향동 마을'이라고 합니다. 인접한 고양시에 향동이 있는데 일부가 수색에 편입이 되었기 때문이지요. 이 마을은 서울의 변방이라고 하는 은평구에서도 가장 외진 곳이고 개발 제한 구역에 묶여 있는 곳이기도 합니다. 주민들의 대부분은 이북에서 내려오신 실향민이시지요.

얼마 전 향동 마을을 방문했을 때
'부성식당' 안방까지 들어가 식사를 하게 되었는데,
예전에는 정말 비쌌던 자개장을 오랜만에 볼 수 있었습니다.

구의원 시절부터 줄기차게 293번지 일대의 개발 제한 구역 해제를 요구하였고, 인근 고양시나 마포구 일대는 다 해제되어서 개발되었지만 이곳만은 70, 80년대를 연상할 정도로 낙후되어 아직도 기지촌 흔적이 남아 있을 정도지요. 사실 수색, 증산 개발에도 포함되지 못해 이런 상태가 더 계속될 가능성도 높습니다. 그래서 주민들의 재산권이나 생존권에 문제가 되고 있으며, 상대적인 박탈감을 갖지 않을 수 없는 상황이지요. 설사 개발이 된다고 하더라도 개발 제한 구역이 풀리지 않는 상황에서 헐값 보상으로 이루어지는 개발은 안 될 일입니다.

처음 제가 이곳을 방문했을 때, 주민들이 소 닭 보듯이 저를 쳐다보셨던 기억이 납니다. 사실 나중에 알고 보니 저한테만 그런 것이 아니고 모든 '정치인'들에게 다 그러셨더군요. 마을에 표가 얼마 안 되니 선거 때나 한번 지나가고 거들떠도 안 본다는 이야기를 나중에야 들었습니다. 어쨌든 '오기'가 생겨 더 열심히 이곳을 찾았고, 지금은 누이동생이나 딸이 온 것처럼 저를 반겨 주십니다.

저는 그런 주민들의 마음에 보답하기 위해 버스 출발 차선 변경과 더불어 소공원을 조성하면서 작은 일자리를 만들어 드리기도 하고 경로당 수리에도 도움을 드렸지만, 여전히 주민들의 사랑에 보답하지 못하고 있는 듯해서 마음 한구석이 무거워지곤 합니다. 그래도 저는 산새 마을이나 천막동의 변화처럼 주민들이 오래 기다리신 만큼 좋은 변화가 올 것이라고 확신하고 있답니다.

마을에 필요한 것이 무엇일까요?

지나가는 이들에게 이런 질문을 한다면 당연히 학교, 가게, 도서관, 시장, 놀이터, 운동장, 공원 같은 눈에 보이는 물리적 공간들이 필요하다고 답하지 않을까요? 정신적인 것들을 말해 보라고 하면 교회, 성당, 절, 친목회를 이야기하시는 분들도 계실 겁니다. 물론 이런 것들은 질적·양적 차이만 있지 사람 사는 곳이면 어디든지 다 있습니다. 하지만 서로 잘 연결되어 서로 돕고 있는지를 물어보면 그렇다고 대답하는 분들은 많지 않을 겁니다.

얼마 전 한 후배의 집들이에 초대받았는데, 후배는 집들이 때문에 평소에는 필요 없는 젓가락과 숟가락을 열댓 벌이나 샀다고 한숨을 쉬었습니다. 그래서 "빌리지 그랬냐?"라고 물어보니 친정집이나 시댁은 너무 멀어 차비가 더 들기 때문에 할 수 없이 살 수밖에 없었다고 대답하더군요. 만약 마을 공동체가 살아 있다면 제 후배는 그것들을 빌려 집들이를 치를 수 있었겠지요. 작은 예이긴 하지만 마을 공동체가 왜 필요한지 잘 보여 주는 일화입니다.

이야기를 좀 더 큰 물건으로 확대해 보면, 미국에는 '릴레이라이즈 Relay-Rides'라는 렌터카 회사가 있는데 놀랍게도 차는 한 대도 없습니다. 개인이 소유한 자동차를 쓰지 않을 때 필요한 이에게 빌려 주는 서비스를 제공하는 것입니다. 비싼 자동차를 주차장에 덩그렇게 세워두는 건 낭비라는 생각에서 시작되었다고 하네요. 서울시에서 추진하고 있는 '공유 서울' 프로젝트 중에 '쉽게 빌려 쓰는 카 쉐어링' 사업이 널리 퍼진다면 필요할 때 저렴하게 차

▶

이 사진은 수색동 '윤창 슈퍼' 앞 아키시아 나무입니다. 수색동 뒷산에는 아카시아 나무가 많습니다. 봄이 되면 아카시아 향기가 온 동네를 뒤덮어 계절을 강하게 느낄 수 있습니다. 그중에서도 '윤창 슈퍼' 앞의 아키시아 나무는 아주 특별합니다. 곧 없어질 수색 변전소 담벼락 길을 따라 올라가다 보면 아름드리 큰 아카시아 나무가 서 있습니다.

를 이용하고 차 주인은 부수입을 얻을 수 있습니다. 교통 이야기에서 주차장 문제가 심각하다는 이야기를 했지만 자동차 공유가 활발해지면 주차장도 덜 필요하게 될 것입니다. 이렇게 공유 경제와 마을 공동체가 결합한다면 정서적 안정감을 떠나 경제적으로도, 사회적으로도 이익이 되는 것이지요.

'윤창 슈퍼' 앞 아카시아 나무 아래에는 평상과 탁자, 의자들이 놓여 있지요. '윤창 슈퍼' 사장님이 자비를 들여 만들었는데, 여름이나 날씨 좋은 날에는 열 명이 넘는 주민들이 모여 고기도 구워먹고 약주도 한잔 하며 지나간 추억을 나누시기도 합니다. 또, 무거운 짐을 지고 갈 때 잠시 쉬기도 하고 땀을 식히는 곳이기도 하지요. 인근 주민들의 쉼터이자 삶의 애환을 나누는 장소로 없어서는 안 될 곳입니다. 사실 변전소 부지 개발과 뉴타운 개발이 이루어지면 어떻게 변할까 걱정되는 곳이기도 하지요.

꼭 새로운 건물을 지을 필요 없이 이런 정서적인 공간을 확보해 마을 공동체를 만들어 갔으면 하는 바람입니다. 간혹 "너무 나이 드신 분들만 모이는 예를 든 것 아니냐?"며 반문하시는 분들도 계실 겁니다.

하지만 은평구에는 평상시 일상적인 만남이 이루어지는 곳에서 청소년부터 어르신까지 모두 모이는 '골목 상상 축제'가 있습니다. 작년의 상상 축제는 5월 4일부터 '마을 공동체 회복을 통한 행복한 도시 꿈꾸기'라는 주제로 열렸습니다. 이야기마당으로 문을 열어 5일에는 어린이잔치한마당이 열렸고,

은평구의 명물 '은평 e 품앗이'는
도시에서 찾아보기 힘든 주민 중심의 품앗이가 이루어지는 곳입니다.
동네 주민들이 각자 가진 재능과 물품을 지역 화폐인 '문'으로 거래합니다.

6~7일에는 고추장 담그기, 서오릉 텃밭에서 새싹비빔밥 먹기로 동네방네 행복한 만남, 그리고 〈이웃집 토토로〉와 〈쿠바 맨발의 의사들〉 등 동네방네 영화 상영이 이어졌지요. 그러고 보면 동네방네란 말 참 정겨운 말이 아닐 수 없습니다.

7일에는 살림의료생협, 마을카페, 은평두레생협, 열린사회은평시민회 등 시민단체가 주로 자리 잡고 있는 갈현동 인근 골목 일대에서 '와글와글 골목 상상' 축제판이 벌어졌습니다. 골목과 동네 상가를 잇는 골목 축제는 작년에 처음 시도한 것이었지요. '터울림 풍물패'와 풍물을 배우는 아이들의 장단에 맞춰 청소년들과 동네 어른들이 함께 골목을 누볐습니다.

'e품앗이'는 서울복지재단에서 추진하는 핵심 사업 중 하나입니다. 은평구뿐만 아니라 다른 구에서도 열심히 e품앗이를 하고 있지만, 은평구 만큼 제대로 뿌리를 내린 사례는 흔치 않습니다. 품앗이는 말 그대로 내 품으로 다른 사람의 품을 사 오는 것입니다. 집단의 노동이 필요했던 농경사회 때는 주로 품이 농사나 큰 경조사 때 필요했던 일손이었다면 현대에 들어와 그 품의 종류와 내용이 달라졌을 뿐입니다. 예를 들어 누군가가 톱이 필요합니다. 보통은 돈을 주고 사야 하지요. 그렇게 산 톱은 일 년 동안 한두 번도 사용하지 않을 확률이 아주 높습니다. 하지만 찾아보면 동네의 누군가는 톱을 가지고 있습니다. 그러면 톱을 하루 동안 빌리고 3,000문을 줍니다. 그러면 톱 주인은 다음날 품앗이 가맹점인 짬뽕집에서 5,000원짜리 짬뽕을 맛있게 먹고 현금 2,000원과 3,000문으로 계산하는 '시스템'이 바로 은평 e품앗이입니다.

물품만이 아니라 재능도 '거래'됩니다. 반찬을 필요로 하는 학생이 아이에게 영어를 가르쳐주고 아이의 어머니에게 반찬을 받을 수도 있습니다. 이렇게 e품앗이는 거래이지만 그 거래를 기록한 통장에는 결과만이 아닌 과정과 관계가 고스란히 살아있습니다. 이들의 통장 속에 주고받은 거래 내역이 있고, 관계가 있고, 사람들의 재능과 노력이 고스란히 남습니다. 그리고 이 관계는 마을 공동체로 진화합니다. 이렇게 마을에서 이것저것 여러 가지 일을 해결할 수 있는 방법들이 보이게 되지요. 은평 e품앗이는 시작한 지 이제 겨우 삼 년 만에 회원수 1,881명, 거래건수 4,307건이 될 정도로 성장하였답니다.

이런 은평구 주민들의 참여는 점점 은평구청의 정책에 깊은 영향을 미치고 있습니다. 주민 참여 예산제가 가장 대표적입니다. 작은 예를 하나 들고자 합니다.

불광천변 공원은 수색과 증산, 신사동의 천연 에어컨이자 허파이기도 합니다. 북한산보다는 존재감이 좀 떨어지지만 불광천이 없는 은평구도 상상하기 어렵습니다. 여름에는 거짓말 조금 보태서 은평구민의 절반이 이곳에 모일 정도입니다. 불광천에는 멋진 산책로와 다리와 분수가 있지만, 저는 공중화장실을 자랑하고 싶습니다.

"그깟 화장실 하나가 뭔 자랑거리냐!"라고 하시는 분들도 있겠지만 사연을 알면 고개를 끄덕거리실 겁니다. 불광천변은 하루 평균 이용자가 2만 명이 넘을 정도로 사랑받고 있지만 공중화장실이 없었습니다. 당연히 화장실을 설치해 달라는 민원이 많았지만 비가 많이 올 경우 불광천이 범람하면 역민원이 나올 수도 있었습니다. 그래서 구청 부서 사이에서도 주민 사이에서도 입장 차이가 컸습니다. 그러나 2012년 증산동에서 제출한 이 화장실 설치사업이 은평구 참여 예산 주민총회 1등을 차지했답니다.

위치도 주민들의 의견을 충분히 수렴한 뒤 무려 열 차례의 현장조사 끝에 수변무대 주변에 세워졌습니다. 외장도 목재를 써서 무척 고급스러워 보이지요. 주민들의 참여로 만들어진 불광천 공중화장실은 작지만 증산동의 자랑이기도 합니다.

마을 공동체, 멀지만 가야 할 길

천재 시인이자 혁명적 노동운동가였던 박노해 시인이 최근에는 놀랍게 성숙
해진 시들을 내놓고 있는데, 그중에 〈성숙이 성장이다〉라는 시의 한 구절이
제 마음을 움직였고, 우리나라가 나아가야 할 길을 알려 주고 있다는 생각이
들었습니다.

> 더 많은 소득과 소비에 삶을 다 짜내고
> 더 많은 경제성장에 삶의 토대를 망쳐간다면
> 이것은 자기 자신과 아이들에 대한
> 심각한 폭력이고 자살행위에 다름 아니다
> 멈출 때를 모르면 성장이 죽음이다
> 그리하여 성숙이 참된 성장이다

한국은 반세기 동안 전 세계에서 유례를 찾아볼 수 없는 경제 개발과 민주
화를 이루었습니다. 물론 자랑스러운 일이지만 서구 사회가 프랑스 대혁명
이후 150년 이상 걸려 이룬 경제적·사회적 성과를 짧은 시간에 따라가려 하

니 당연히 무리가 따를 수밖에 없었고, 서구 선진국들이 겪었거나 현재 겪고 있는 문제들도 훨씬 빠른 속도로 우리에게 닥치고 있습니다.

구체적으로 말하면 자살률은 OECD 국가 중 단연 1위이고 이혼율은 세계 3위이며, 청년 실업률과 독거노인 비율과 같은 나쁜 수치는 높습니다. 물론 중앙 정부나 지방자치단체도 손을 놓고 있는 것은 아니어서 이러저런 복지 제도를 강화하는 등 노력은 하고 있습니다. 하지만 정부나 지자체가 쓸 수 있는 복지 예산에는 한계가 있고, 설사 돈이 충분하다고 해도 우리 사회가 안고 있는 문제는 돈만 가지고 해결될 수 없습니다.

더구나 소외와 과도한 경쟁으로 인한 낙오로 '묻지마 살인'과 같은 예측도 관리도 불가능한 범죄가 늘어 가고 있습니다. 이런 문제 역시 CCTV를 늘리고 경찰력을 강화하고 아파트에 경비 시설을 강화한다고 해결될까요? 결국 지금까지 자원과 기술을 집중 투자해서 압축적인 성장은 가능했지만, 같은 방법으로 성숙한 사회를 이룬다는 것은 불가능하다는 결론을 내릴 수밖에 없습니다.

이제는 수치와 물량과 건설이 아닌 '사람의 관계', 그리고 사람과의 관계가 모여 있는 마을에 눈을 돌려야 할 때입니다. 마을이 학교가 되고, 경비원이 되고, 기업이 되어야 합니다. 한국 사회, 특히 거대 도시 서울은 보다 성숙한 사회로 진화하기 위해 심한 진통을 앓고 있는 중입니다. 하지만 서울, 그 중에도 은평은 조금 더 성숙해 가는 중이라고 생각합니다.

에필로그

10년간 지방의원으로 일하면서 너무나 소중한 분들을 많이 만났습니다. 이 책에서 한 분 한 분 기억하면서 이야기를 풀어나가려 했지만, 워낙 많은 분들이 계시고 저의 글 솜씨가 턱없이 부족해 생각대로 되지는 못했습니다. 한때 노래방에서 놀다가 시간이 다 되어 가면 마지막으로 가사가 가장 긴 〈한국을 빛낸 100명의 위인들〉을 부르는 것이 유행이었습니다. 저도 그 노래처럼 고마운 분들을 한 분 한 분 떠올리며 인사드리고자 합니다.

문재인 의원님! 작년 9월, 서울 은평문화예술회관에서 열린 '재한 조선족 연합회 가을맞이 문화공연'에 참석하셔서 오랜만에 뵈었습니다. 대선 직후 때보다 얼굴이 많이 좋아 보이셔서 다행이었습니다. 추천사 감사드립니다.

행사에 같이 가면 이름이 같고 이미지도 비슷해 사회자가 저를 '국회의원'으로 만들기도 하지요. 영원한 은평의 맏언니이자 역대 여성 최다선 의원이신 이미경 의원님! 다시 한 번 감사드립니다.

박원순 시장님! 은평으로 이사 오신 지도 석 달이 지났네요. 다른 구도 마찬가지만 은평에는 더 일이 많습니다. 신경을 더 써 주시리라 믿습니다. 추천사 정말 감사합니다.

　최연소 구청장이란 '타이틀'에 어울리지 않게 4년간 은평구를 멋지게 이끌어주신 김우영 구청장님! 함께 시작한 일들을 잘 마무리해요. 파이팅!!

　추천사를 써 주신 안성기 선생님. 그리고 이명세, 이준익 감독님. 그동안 참 많은 일이 있었습니다. 조금 늦어졌지만 시네마테크는 잘 만들어지리라 확신합니다. 정말 그곳에서 함께 영화를 볼 날이 기다려집니다.

　수도 서울의 '집권 여당'을 이끌고 계시는 오영식 위원장님과 지용호 상근 부위원장님, 송기정, 박성은 사무처장님과 당직자 여러분! 서울시당에서 개최한 둘레길 걷기나 배드민턴 대회 너무 멋졌습니다! 그리고 시당 대변인을 맡고 있으면서도 바쁘다는 평계로 많은 역할을 하지 못해 정말 죄송합니다.

　사람중심서울포럼에서 '불멸의 총무'를 맡고 계신 김종욱 의원님을 비롯한 박양숙, 오승록 의원님께 감사드립니다. 포럼이 잘될 수 있도록 물심양면으로 지원해 주신 김명수 의장님께도 감사의 말씀 올립니다. 양준욱 당 대표 의원님, 성백진 · 김진수 두 부의장님을 비롯한 모든 동료의원님들 4년 동안 정말 행복했습니다.

　도시계획관리위원회의 장환진 위원장님, 김제리 부위원장님을 비롯한 동료의원님들 감사드리고, 김동수 수석 전문위원님과 이재근 팀장님, 조정래 전문위원님과 직원 여러분! 여러분이 안 계셨다면 어떻게 일을 했을까 아찔하기만 합니다.

지역사회에서 같은 뜻을 품고 같은 길을 걸으면서 여러 번의 선거에서 승리의 기쁨과 패배의 아쉬움을 함께 나누었던 이희원 전 의장님, 박광번, 마동원, 이은배, 신성남, 정인조, 박기종, 이선옥, 김정섭, 조윤술, 조삼훈, 전현기, 김성호, 유준식, 김동진, 김명식, 박규종 님과 고연호 위원장님을 비롯한 민주당원님들! 여러분이 없으면 지금의 저는 없었을 것입니다.

저를 시의원으로 키워준 요람 은평구의회를 잘 이끌어 주고 계시는 장창익 의원님, 성흠제 의원님, 이용선 의원님, 이연옥 의원님, 우영호 의원님, 박용근 의원님, 정병휘 의원님, 장우윤 의원님, 이현찬 의원님 그동안 정말 감사했습니다. 앞으로도 잘해 보자고요.

이미경 의원님과 더불어 5선의 관록을 자랑하시는 이재오 의원님과 김종선 의장님을 비롯한 새누리당 의원님들! 은평을 위해서는 모두가 한 몸입니다. 같이 멋진 은평구로 가꾸어 봅시다.

봉사의 대부이신 조규환 천사원 원장님과 허상욱 노인회장님. 명완석 부회장님을 비롯한 은평 어르신 분들과 남대우, 김준영, 국홍대, 심상원 선생님께 다시 한 번 감사드린다는 인사를 드립니다. 늘 건강하세요!

박상국 동지! 늘 미안하기만 하네요. 사업 대박나기를!!

수색초등학교 동문회의 김유성 총무님과 임광택, 임용길, 김병호, 홍기윤, 차종길, 신재현, 이훈주, 이원화, 권오혁, 송순만 선배님 감사드립니다. 선후배님들께 머리 숙여 감사드리고, 수색초등학교 졸업식 때마다 아름다운 후배들이 쑥쑥 자라는 모습을 보면 정말 행복하답니다. 산악회를 멋지게 이끌고 계신 조성태, 이왕근, 이병직, 윤창덕, 정종만, 김종남 선배님! 말 그대로 눈이 오나 비가 오나 동문들을 위해 애써 주셔서 감사드립니다. 미처 인사를 못 드린 선후배님들께도 머리 숙여 감사드리고, 한결 같은 후배가 될 수 있도록 최선을 다하겠습니다. 수색초등학교 파이팅!

태어난 곳이 같아서 모인 영사회, 영천회, 영가회 여러분들께도 감사드립니다. 특히 항상 앞장서서 후배들을 이끌어 주시는 김도영 선배님을 비롯한 박석남, 배중길, 김재철, 문동완, 김방진, 신승현, 김성남, 박석문, 박석태, 곽정완, 신창석, 김현재, 장현수, 송병춘 선배님 감사드리며 더 많은 분들을 이 책에 담지 못해 죄송하다는 말씀 올립니다.

은평 성결교회 한태수 목사님, 작년에 쓰신 저서《구원, 제자, 사명》잘 읽었습니다. 말레이시아 선교 다녀온 지가 벌써 두 해나 지났네요. 강희구 장로님, 유춘 장로님, 조명완 장로님, 한상용 장로님, 그리고 모든 장로님들과 권사님들 늘 건강하시길 바랍니다. 최근 교회에서 지은 비전 센터는 지역사회에 정말 큰 도움이 되고 있습니다.

이젠 한 세기가 넘었지요? 늘 수색의 빛과 소금의 역할을 해 주시는 수색 감리교회 김모세 목사님! 늘 감사합니다.

제가 다니는 교회이기도 한 수색 장로교회 민철홍 담임 목사님, 최중태 장로님, 최명선 장로님, 진재신 교장선생님이시자 장로님! 박성수 안수 집사님,

그리고 권사님들! 봉사에 앞장서시는 여전도회 분들께도 감사의 말씀을 전합니다. 계셔서 늘 든든합니다. 교회 내 도서관을 이용하는 청소년들과 주민들을 볼 때마다 흐뭇합니다. 작년 수색초등학교에서 열린 1-3세대 체육대회는 정말 보기 좋았습니다.

수색 성은교회 서홍종 목사님 건강하신지요. 항상 기도해 주셔서 감사합니다. 그리고 오시풍 장로님, 호탕한 웃음소리 다시 듣고 싶습니다.

신사동의 신사인 정만수, 김남완, 한용만, 강용운 님과 박은미, 권정희, 방소라, 강성심 여사님! 님들이 없는 신사동은 정말 앙꼬 없는 찐빵이나 마찬가지입니다.

작년 연말, 월드비전의 서북교회 송년음악회에 참석하여 좋은 시간을 보냈습니다, 좋은 공연에 초청해 주신 배경락 목사님 감사합니다. 지역사회를 위해 많은 봉사를 해 주시는 모든 장로님들과 권사님들 늘 고맙습니다.

작년에 이정만 회장님을 비롯한 신사1동 통장님들이 지역봉사를 많이 해서 안전행정부 장관상을 받으셨지요. 다시 한 번 축하드리고 계속 좋은 활동 부탁드립니다. 은평 새마을부녀회를 훌륭하게 이끌고 계신 김순례 회장님을 비롯한 부녀회원 여러분. 팔 걷어 부치고 김장 봉사를 하시는 모습이 여전히 눈에 아른거립니다. 어느 누구보다도 아름다운 모습입니다. 항상 고맙습니다. 또한 흰머리를 멋들어지게 소화하고 계시는 박정자 자원봉사센터장님과 강인원 선생님, 정성희, 김유복, 김선자, 김종오, 남효분, 정경준, 이희준, 신정희, 이귀녀 님과 낚시로 잡은 물고기를 흐뭇하게 음미할 수 있게 해 주신 임종운 선생님과 심재구, 이성행, 정희정, 오일식, 박충선 님과 남인숙 원장님, 신사성당의 터줏대감이신 홍진수 선생님께도 머리 숙여 감사드리고 이병우 삼환운수 사장님께도 고맙다는 말 전하고 싶습니다.

항상 옆에서 도움을 주시는 김광수 회장님과 안영근 위원장님, 나기빈 선배님께도 인사드려야지요. 제가 증산동에서 이루고자 하는 일들을 할 수 있게 이끌어 주셔서 감사하고, 서미영 친구 부부 힘내라는 말과 더불어 이삼녀, 변미숙, 임동민 씨께 고맙다는 말 전합니다.

언제나 두 팔로 안아 주시는 최정신 회장님을 비롯하여, 봉사라면 어떤 일도 마다하지 않는 정명자, 강성훈, 김군자, 김수봉, 박귀용, 김수태, 김민기, 최성옥, 김규배, 최미숙, 김진남, 고명순 님 감사합니다. 항상 하하하 웃음을 지으시는 김상백 신협이사장님과 직원 여러분께도 감사드립니다. 멋진 통역사 최용석, 박낙홍, 허웅만, 박노수, 나종선, 권종철, 이효기, 이근식 님을 비롯한 축구동호회 회원 여러분들 감사드립니다. 만나 뵐 때마다 가슴이 아린 김상기 농아인협회 회장님을 비롯한 수화통역센터 여러분께도 지면을 빌려 감사드립니다. 서부동산교회 최흥욱 목사님, 저는 목사님이 행하신 절절한 어머니 사랑을 잊지 못하고 항상 가슴에 담아두고 있답니다.

제 찬 손을 항상 꼭 쥐며 격려해 주시는 최경일 선배님! 부인과 함께 오순도순 다정하신 모습을 보면, 정답게 말씀을 나누는 저희 부모님을 뵙는 것 같아 마음 따뜻합니다.

부족한 저를 늘 반겨주시는 수색28통의 터줏대감 조형선 님, 정영희 님, 이범산 님! 그리고 구룡노인정 어르신들! 앞으로 더 자주 찾아뵙도록 하겠습니다. 수색동의 큰 어른이신 조순홍 선배님, 송석준 회장님, 임형우 원장님, 박주우 고문님, 심도영 회장님, 이상남, 안을남, 염태강, 이기석, 이재필, 민태홍, 권의채, 조정봉, 장경수, 유병욱, 구청서, 이사성, 김평심, 임길환, 이천수, 안순례, 안경숙, 정진국, 김광호 님! 늘 건강하세요. 날로 변하는 수색을 살기 좋은 마을로 함께 만들어 봅시다.

북한산 큰 숲 은평을 잘 꾸려가는 구청 및 각 동의 주민센터 직원 분들, 경찰서, 파출소, 소방서에서 일하시는 경찰과 소방대원님들께 무한한 신뢰와 감사의 인사를 드립니다. 서울시에서 더 열심히 뛰는 김미경이 되겠습니다.

마리아회의 정말지 수녀님! 작년 연말, 부산에서 열린 수녀회 산하 복지시설 운영 경비 마련을 위한 수녀님의 그림 전시회에 다녀왔지요. 그림 솜씨도 대단하시더군요. 프란체스카 수녀님과 글라라 수녀님! 우리들의 새싹들을 위해 애써 주셔서 너무 감사드리고 계속 은평에서 오래오래 뵈었으면 합니다. 《소 알로이시오 신부의 기도》 잘 읽었고 수제 과자도 맛있게 먹었습니다.

〈은평신문〉의 김우성 사장님! 이제까지와 마찬가지로 앞으로도 계속 은평을 위한 좋은 기사 부탁드립니다. 늘 부지런하신 〈서울은평신문〉의 문형대 국장님! 올해도 자주 뵙겠지요? 〈21은평뉴스〉의 손득권 사장님! 올해도 좋은 시와 글 부탁드립니다. 〈은평타임즈〉의 조충길 사장님! 올해 청소년 토론회 때도 연락 주시겠지요? 올해도 심사위원 기꺼이 맡아 드리겠습니다. 〈은평시민신문〉의 여걸 박은미 편집장님! 은평구를 위한 더 좋은 기사 부탁드립니다. 〈서부신문〉 이돈영 편집장님! 올해도 좋은 글 많이 써 주십시오. CJ헬로TV 유손 기자 및 카메라 감독님 감사드리고 지역사회의 좋은 모습 많이 담아 주세요.

물빛산악회를 이끌고 계시는 강찬선, 신장철, 유현상, 김익수 님을 빼놓을 수 없지요. 회원님들과 나눈 추억들 잊지 않고 있습니다. 앞으로 더 좋은 기억들 만들자고요.

은평구 청소년 선도위원회를 열정적으로 이끌어 주고 계시는 이대연, 문규주, 김진택 회장님께도 감사드립니다.

은평구의 안전을 책임지시는 문창식 회장님과 이용옥 사장님, 정남형, 김현수, 윤현경 님과 열정 그 자체인 정경숙 님께도 감사의 말씀을 전합니다.

꽃으로 은평구 곳곳을 아름답게 수놓아 주시는 박현정 님, 바르게살기위원회를 알차게 이끌고 계신 공창희 위원장님과 회원 여러분께 감사드립니다. 자연을 사랑하시는 조귀호, 제복 입은 모습이 위풍당당 멋진 김원소 6·25참전용사회 회장님, 임상묵 전 의장님, 건강하시죠? 김강락 회장님은 요즘에 도통 뵙지 못했는데 매우 죄송합니다.

국민대 해공위 과정에서 만나 적극적으로 후원해 주시는 피홍배 장로님,

박상규 의원님, 이면휴, 하재영, 김창호, 조성제, 박창신, 임태석 변호사님, 자주 뵙지 못해서 죄송하고 항상 지켜봐 주셔서 감사합니다.

큰어머님과 김봉곤, 하용례 권사님과 김금복 고모님 부부와 나를 할머니로 만들어 버린 조카들과 그 자녀들에게도 고마운 마음을 전합니다.

김지윤 원장님, 조카 잘 돌봐 주셔서 감사드려요!

충청향우회 회장님이신 김연태 님, 양병훈 위원장님, 김은복, 이봉승, 김재수, 나영주, 박영숙, 송안기, 송영흠 선생님 늘 도와주셔서 감사합니다. 충청도의 구수한 사투리로 항상 웃으며 맞이해 주시는 백훈구 이사장님 감사드려요.

전병철 사장님, 곧 가게를 이전하신다는데 날로 번창하길 기원합니다. 정진두 사장님도 양쪽 가게를 운영하시느라 바쁘실 터인데 지역사회를 위해서 봉사해 주셔서 감사드립니다.

오페라 은평누리 임은주 단장님 및 단원 여러분들의 흥을 돋우는 합창에 은평이 들썩입니다. 늘 감사드립니다.

민토회의 막강 최완숙, 박경희, 오귀덕, 소애자, 정해찬, 성기봉, 정광진, 봉상수 님. 짓궂은 농담과 더불어 삶의 활력소를 불어넣어 주는 재미난 카톡방의 멘트는 언제나 저의 관심사랍니다.

항상 격려하고 서로 보듬어 주는 나의 친구들. 승자, 혁렬, 민영, 영미, 동희. 우리 멋진 친구들 파이팅! 특히 혁렬아 6월 4일 힘내!

책을 만들어 주신 도서출판 평사리의 홍석근 대표님, 박성미 대표님, 최예리 양 정말 고마웠어요!

마지막으로 제게 최후의 보루인 부모님 김용진, 최복순 님께 이 책을 바칩니다. 그러고 보니 아버님, 어머님의 성함을 부른 지도 오래된 것 같습니다. 사랑합니다. 정말 건강하셔야 합니다!

얼마 전 불의의 사고를 당한 서곤 오빠. 반드시, 그리고 잘 이겨내셔야 합니다. 큰올케! 너무 힘드시지요. 힘내세요!!

든든한 두 동생 민곤이와 광곤이, 그리고 올케들! 항상 건강하고, 조카들은 우리 사회가 원하는 귀한 인재가 되기를!

이 글에 담지 못한 많은 분들께도 감사의 말씀을 드립니다. 초심을 잃지 않고 최선을 다하는 김미경이 되겠습니다.

얼마 전 '안녕하십니까!'라는 제목의 대자보가 사회현상이 되었습니다. 너무나 흔하고 평범한 인사말이 사회현상이 되다니? 많은 이들이 놀랐고 저도 예외가 아니었습니다. 곰곰이 생각해 보니 그동안, 정확히 말하면 고도 성장기에서는 상식적인 일들이 시대의 변화에 따라 더 이상 '상식'이 아니게 된 경우가 많아졌습니다. 이 책이 그런 변화를 받아들이고 대안을 모색하는 데 조금이나마 도움이 되었으면 합니다.

모든 분들 정말 안녕하시기 바랍니다.

영화 박물관이자 서울의 문화예술을 한 단계 끌어올릴 시네마테크! 영화인들의 숙원이기도 한 시네마테크 건립 문제로 김미경 의원님을 만나게 되었습니다. 어려운 상황에 처해 있는 문화예술인들을 위해 동분서주하는 모습뿐만 아니라 다양한 분야에서 열정적으로 활동하시는 모습이 인상적인 참사람 냄새 나는 분이었습니다. 《미경이의 특별시》 출간을 축하드리며 하루빨리 시네마테크에서 함께 영화 볼 날을 기대해 봅니다. **- 영화배우 안성기**

은평구를 생각하고 서울시를 바라보는 김미경 특유의 섬세함과 우직함이 잘 드러나 있어, 책을 읽는 내내 김미경 시의원과 직접 이야기하고 있는 것 같은 착각을 했습니다. 은평구를 종횡무진 누볐던 '뚜벅이' 김미경의 발길이 이제 서울시를 누비고 있습니다. 섬세하고 우직한 그 발걸음에 응원의 박수를 보냅니다. **- 은평구청장 김우영**

수색역세권 개발, 은평 한옥마을, 서울 혁신파크뿐 아니라 시네마테크 건립 문제로 저를 많이도 '괴롭히신' 김미경 의원님! 하지만 책을 읽어 보니 개발 문제뿐 아니라 문화, 복지, 교육, 교통, 공동체 등 다양한 문제에 대해 많은 고민을 하시고 대안을 준비하고 계셨더군요. 특히 '압축 성장은 있지만 압축 성숙은 없다'라는 말이 참 와 닿았습니다. 서울시의 미래와 진정한 성숙을 위하여 김미경 의원님의 활약을 기대합니다. **- 서울시장 박원순**

미경, 어느 모임을 가도 쉽게 만나는 평범한 이름입니다. 그렇게 김미경은 수색에서 자라고, 은평이 함께 키운 우리 동네 누이, 동생입니다. 그런 이웃집 김미경을 모두가 주목하고 있습니다. 30대에 선출직을 택한 당찬 도전과, 낙선 인사에 더 공을 들였던 그 열정을 잊을 수 없습니다. 정말 특별한 감동을 준 사람입니다. 구의회에서 시의회로, 문화에서 도시계획까지 활동의 폭을 넓히고 있는 김미경의 으뜸가는 덕목은 성실함입니다. 그 성실함으로 은평구를 더욱 특별한 도시로 만들어 나가리라 믿습니다. **- 국회의원 이미경**

우리 사회의 가장 큰 문제 중 하나가 공동체 해체의 위기입니다. 다양한 영역에서 협동과 상생의 공동체 회복을 위한 노력이 절실합니다. 지난 10년, 은평구와 서울시를 누빈 김미경 의원님의 발자취에는 지역 공동체 회복을 위한 땀과 열정이 진하게 묻어 있습니다. 이 책을 통해 김미경 의원님의 지나온 발자취뿐 아니라 앞으로 걸어갈 길을 함께 따라가 보시길 바랍니다.

- 국회의원 문재인